KB210653

내 MP3 속
영화음악

김원중 지음

성인이 된 이후 누군가를 부러워했던 기억은 부끄럽게도 보통 경제적인 것이었습니다. 태어나면 누구에게나 똑같은 시간이 공평하게 주어지지만, 그 출발선이 다름을 느끼는 순간을 만날 때면 부러움과 허탈함이 몰려오곤 했습니다. 그리곤 '우리 부모님이 내게도 그렇게 해주었다면 나의 삶은 어떻게 됐을까?'라는 생각이 들었어요. 저 사람이 가진 것을 나도 가졌다면 분명 지금과는 다른 삶을 살고 있을 거라 막연한 확신을 하곤 했었습니다.

 시간이 한참 더 흘러 저 역시 누군가의 부모가 되었을 때 문득 이런 생각이 들었습니다. '나는 과연 그동안 내가 부러워했던 것들을 자녀에게 해줄 수 있는 그런 사람인가?' 아쉽게도 저역시 아이들에게 해줄 수 있는 것이 많지 않았습니다. 그와 동시에 예전에 내가 당연하게 여겼던 일상들도 사실은 부모님의 보살핌 덕분이었다는 걸 알게 되었어요. '그렇다면 나는 무엇을 해줄 수 있는 걸까?' 짧지만 여러 번 깊은 생각에 잠겼습니다. 당장 물려 줄 수 있는 것이라고는 나의 신념과 신앙 같은 눈에 보이지 않는 것만이 떠올랐어요. 그리고 또다시 시간은 흘러갔습니다.

2018년, 어김없이 그해에도 가을이 찾아왔습니다. 그리고 영화 〈보헤미안 랩소디〉(Bohemian Rhapsody)가 개봉했어요. 자연스레 주변에서 하나둘 영화와 그룹 퀸(Queen)에 대해서, 그리고 퀸의 보컬 프레디 머큐리(Freddie Mercury)에 대해 이야기하는 사람들이 많아졌습니다. 프레디 머큐리는 제 학창 시절에 고인이 되었지만, 그때도 많은 학생들이 퀸의 노래를 들었고, 잘 알고 있었기 때문에 저는 세상 누구나 알고 있는 그런 그룹인 줄 알았어요. 하지만 의외로 잘 모르는 이들이 많은 것을 보고는 이런 생각이 들었습니다. '내가 당연히 알 거라고 생각하는 것을 다른 사람들은 잘 모를 수도 있겠구나!' 그 생각이 계기가 되어 글을 쓰기 시작했습니다. 바로 나의 오랜 친구인 영화음악을 자녀와 다음 세대에게 잘 전해주어야겠다고 마음 먹은 순간이었습니다.

4년 전에 출간한 《내 일기장 속 영화음악》에서는 저의 10대, 20대에 함께했던 영화음악을 담았는데요. 이번에는 20대, 30대에 함께했던 영화음악과 이야기를 담아봤습니다. 이 책이 그 시대를 살았던 분들에게는 다시금 그때를 떠올리며 미소를 짓는 시간이, 그 시절이 생소한 분들에게는 오랫동안 여러 사람에게 검증된 좋은 음악과 이야기를 만나며 쉬어 갈 수 있는 시간이 되었으면 좋겠습니다.

끝으로 이 책이 나오기까지 감사했던 분들께 인사의 글을 남기려 합니다. 먼저 이런 좋은 기회를 주신 예수님께 감사드립니다. 늘 응원과 기도에 힘써주시는 가족 여러분과 컨셉 구성에 조언해 준 아내에게 감사의 인사를 드립니다. 늘 따뜻한 격려의 인사를 전해주시는 강원교통방송 김은희 프로듀서님, 오랜 시간 동안 영화음악을 사랑하는 제게 라디오 영화음악 선생님이 되어 주신 신지혜 아나운서님께 감사의 인사를 드립니다. 끝으로 긴 시간 한결같이 저의 작은 가능성을 지지해준 꿈공장 플러스 이장우 대표님과 세심하게 글을 다듬어 준 송세아 편집 장님께 진심 어린 감사의 인사를 남깁니다.

겨울
12, 1, 그리고 2월에 개봉한 영화음악 이야기

2000년을 넘어가면서 세상이 참 빠르게 변하고 있다는 걸 알게 됐습니다. 젊은이들이 많이 사용했던 무선호출기는 한물간 아이템이 되어갔고, 디지털카메라가 등장해서 필름 카메라를 대체해 나가고 있었어요. 무서운 형들이 있으니 가지 말라고 선생님이 날마다 당부했던 전자오락실도 PC방의 등장으로 조금씩 자취를 감추기 시작했습니다. 그렇게 다가온 21세기는 선으로 대표되는 아날로그 세상을 하나둘 엮어가면서 그물의 시대, 망(網)의 시대를 열어 갔어요. 거대한 세상을 하나의 거미줄(Web)로 묶은 월드와이드웹, 그 거대한 망(Net)에 사람들은 자신도 모르게 빨려들어 갔습니다. 그리고 그동안 친구들 사이의 자랑거리이며 학생들의 음악친구였던 소형 카세트 플레이어가 mp3 플레이어에게 조금씩 자리를 내주기 시작했어요. 소니의 워크맨, 삼성전자의 마이마이와 같이 제품 이름으로 불렸던 카세트 플레이어와는 달리 mp3 플레이어는 브랜드 이름보다는 그냥 mp3라고 짧게 불렸습니다. 음악을 듣기까지 테이프를 돌려야 했던 번거로움도 사라졌고, 더 가벼워져 인기가 높아져 갔습니다. 거기다 많은 음악을 그 작은 몸체에 넣을 수 있다는 장점은 금세 오랜 친구였던 카세트를 책상 저 구석, 골방 어딘가, 창고 어딘가로 밀어 넣었죠. 그렇게 많은 사람들이 조금씩 mp3 파일을 구하기 시작했습니다.

이 책은 제가 처음 mp3 플레이어를 가지게 되었던 2000년대를 떠올리며 적었습니다. 제게 2000년대는 20대와 30대를 보낸 시절이며, 학생을 지나 사회로 발을 내디뎠던 때였습니다. 1970~1990년대에 개봉한 영화의 음악에 무게를 두었던 전작 '내 일기장 속 영화음악'과 달리 이번에는 자연스레 1990~2000년대에 개봉했던 영화의 음악들로 중심축이 옮겨졌습니다. 이번에는 어떤 방식으로 이야기를 풀어갈까 고민하다가 이번에도 아래와 같은 나름의 원칙을 가지고 선곡하고 배열하였습니다.

1. 소개해 드린 음악이 실린 영화를 몰라도,

   음악만 듣고도 좋은 곡이어야 한다.

2. 배열은 계절 순으로 하고

   국내 개봉 일자가 앞선 곡을 먼저 배치한다.

3. 관련되는 추가 추천곡을 덧붙이고,

   이 경우는 장르나 시대를 한정하지 않는다.

20~30대 저와 함께했던 곡들을 떠올리며 그때 그 마음을 그대로 담아 보려 나름의 많은 노력을 기울였습니다. 그리고 비디오와 만화책을 함께 빌려주었던 책방, 집에 들어가려면 꼭 필요했던 열쇠, 여름이면 현관문을 열고 다녀도 큰일 한 번 일어나지 않았던 동네 인심…. 사라져간 많은 것들도 추억해보았습니다. 그럼, 다음 세대에게 전해주고픈 영화음악 그 두 번째 이야기의 첫 페이지를 넘겨보겠습니다.

오랜 친구가 필요한 당신,

그리고 나의 딸에게

summer

여름

6, 7, 그리고 8월에 개봉한 영화음악 이야기

곡의 순서를 어떻게 배열할까 고민하던 차에 계절별로 해야겠다고 마음을 먹었어요. 영화는 분명 예술에 속하지만, 상업영화는 이윤을 남기기 위해 제작되는 것인지라 제작사나 배급사에서 개봉 일자를 고르는 데 나름의 공을 들였을 것이 분명하다고 생각했기 때문입니다. 영화가 그때 개봉했던 것은 분명 나름의 이유와 전략이 있었을 것이라고요. 많은 이들의 고민 끝에 선택된 날짜이기에, 그 영화와 영화음악은 개봉한 계절과 잘 맞을 거라는 생각이 들었습니다.

　그럼 이제 첫 번째 이야기로 여름에 개봉한 영화음악 이야기를 시작해 보겠습니다. 왜 처음이 봄이 아니고 여름이냐고요? 여름은 여름방학이 있고 휴가가 있어서인지 더위를 피해 어디론가 떠나야 할 것 같은 작은 설렘이 있는 계절이기 때문입니다. 물론 요즘은 예전보다는 냉방이 잘 되어서 건물 안으로만 들어가면 시원한 에어컨 바람이 나오는 곳이 많지만, 지금도 많은 분이 여름이 오면 바다와 계곡을 찾아 더위를 피할 계획을 잡습니다. 여름은 여전히 무언가를 하기에는 힘들고 덥기 때문이죠. 삼복더위와 장마라는 달갑지 않은 친구들이 찾아오는 여름이지만 그래도 사계절 중 왠지 모를 설렘이 가장 큰 계절인 것 같습니다. 방에 있는 창문을 열고 덜렁 드러누워 선풍기를 틀어 놓고 mp3 플레이어에 이어폰을 꽂았던 그 여름밤, 그때 함께했던 영화음악을 만나보겠습니다.

Let the Tournament Begin - John Powell & Hans Zimmer

A Little Romance - Georges Delerue

Molossus - James Newton Howard & Hans Zimmer

Don't Let Go - Bryan Adams & Sarah McLachlan

Fireworks - Nicholas Hooper

Theme From Jurassic Park - John Williams

The Long Road - Mark Knopfler

Show Me Your Fire Truck - Hans Zimmer

The Prayer - Celine Dion & Andrea Bocelli

Childhood - Michael Jackson

Night Fight - 譚盾

Summer - 久石讓

쿵푸 팬더 (Kung Fu Panda, 2008)

2008. 6. 5. 개봉, 미국

Let the Tournament Begin(2008)

존 파웰(John Powell) & 한스 짐머(Hans Zimmer)

2000년대 후반으로 들어가면서 단관극장은 자취를 감추기 시작하고 대기업이 극장 사업에 본격적으로 뛰어들면서 동네에 이름있던 극장들도 하나둘 간판을 바꿔갔습니다. 같은 프랜차이즈라면 어딜 가도 익숙한 분위기를 느낄 수 있었고, 의자도 더 편하게 바뀌었어요. 팝콘도 그동안 먹어왔던 고소한 맛이 아닌 달콤한 냄새가 나는 카라멜 맛이 나왔고, 쾌적해진 의자와 하나의 공간에 여러 영화를 만날 수 있는 멀티플렉스의 정착은 금세 사람들에게 편안함을 가져다주기 시작했습니다. 하지만 부모, 형제 그리고 연인, 친구들과 함께 찾았던 그 공간은 이제 다시 만날 수 없는 추억이 되고 말았습니다.

  이제 주인공인 〈쿵푸 팬더〉 이야기를 해보겠습니다. 쿵푸 팬더는 〈슈렉〉 시리즈의 바통을 이어받아 드림웍스가 새롭게 내놓은 애니메이션입니다. 성우로 안젤리나 졸리(Angelina Jolie), 더스틴 호프만(Dustin Hoffman), 성룡 등 유명 배우를 기용했는데요. 주연 캐릭터인 팬더 포 역을 맡은 코미디 배우 잭 블랙(Jack Black)의 목소리 연기가 기억에 남는 작품입니다. 마치 잭 블랙이 곰돌이 탈을 쓰고 포를 연기하는 느낌이 들 정도로 목소리 연기를 잘 해냈기 때문입니다. 그것은 〈내겐 너무 가벼운 그녀〉(Shallow Hal, 2002), 〈스쿨 오브 락〉(School of Rock, 2003)을 통해서 쌓아온 특유의 유쾌한 캐릭터가 목소리만 들어도 그의 연기가 보이는 듯한 느낌을 만들어준 것 같습니다.

  국수 가게를 운영하는 포의 아버지 핑은 재밌게도 팬더가 아니라 거위인데요. 그동안 고생해서 일궈온 가업을 아들이 물려

받기를 원합니다. 하지만 어딘가 어수룩하고 덜렁거리기 일쑤인 아들은 쿵푸 마스터를 동경하죠. 그러던 어느 날 용의 전사로 선정되기 위해 무적의 5인방이 대련하는 일이 생기는데요. 승자에게는 쿵푸의 비법이 적혀있는 용의 문서를 받을 수 있는 특혜가 주어집니다. 쿵푸를 소재로 코믹과 액션이 함께 섞인 이야기는 어린이는 물론 어린이들의 손을 잡고 함께 극장을 방문한 어른들에게도 호평받았습니다.

음악은 〈슈렉〉시리즈와〈본 아이덴티티〉시리즈의 음악을 맡은 영국 음악가 존 파웰과 한스 짐머가 함께 작업했습니다. 한스 짐머는 1989년에 미국의 음악 감독 제이 리프킨(Jay Rifkin)과 함께 리모트 컨트롤 프로덕션(Remote Control Productions) 이라는 영화음악 회사를 설립합니다. 2024년 현재 70여 명의 작곡가들이 소속되어 있고 존 파웰도 그중 한 사람입니다. 오래전에는 영화사에 음악가들이 소속되어 있었는데요. 이제 영화음악도 음악가 회사가 존재하는 시대가 되었습니다. 이 곡이 마음에 와닿았다면 같은 사운드트랙 중에서 많은 사랑을 받았던 한스 짐머의 Oogway Ascends(2008)도 함께 감상해 보세요.

리틀 로맨스 (A Little Romance, 1979)

미개봉, 프랑스

A Little Romance(1979)

조르쥬 들르뤼(Georges Delerue)

 이탈리아라고 하면 떠오르는 것들이 많이 있죠? 오랫동안 서
양 역사의 중심에 있던 로마제국도 2차 대전 중심에 있던 삼
국동맹도 생각이 나고 유명 명품 브랜드와 슈퍼카, 파스타와
피자, 커피도 생각이 납니다. 이렇게 많은 것들이 있지만 저
는 2002년 우리나라에서 열렸던 월드컵 16강전이 떠오릅니다.
2002년 6월 18일 대전에서 열렸던 그날이 생각나서 우리나라
에 개봉되지 않은 이 작품을 〈쿵푸 팬더〉 개봉일인 6월 5일 다

음으로 배치했어요. 지금도 월드컵 본선에 출전하면 늘 16강을 목표로 하지만 그때는 월드컵에 출전하여 1승도 거둔 적이 없었기 때문에 16강에 오른 것 자체가 기쁜 일이었어요. 그 상대가 바로 우승 후보 이탈리아였기에 그 짜릿함은 더 컸습니다. 카테나치오(Catenaccio)라고 불리던 빗장수비를 뚫고 경기 종료 시간 직전에 터진 동점 골과 모두를 자리에서 일어나게 만들었던 역전 골은 지금까지 수십 번은 본 것 같습니다.

이제 영화 이야기를 해볼까요? 이 작품에는 이탈리아 베네치아에 있는 탄식의 다리(Ponte dei Sospiri)가 중요한 배경이 됩니다. 가보진 못했지만, TV나 영화, 여행책 그리고 다녀온 사람들의 말을 종종 듣고 봐서 그런지 가본 적이 없는 곳임에도 마치 가본 것만 같은 친숙한 곳입니다. 다녀온 분들은 기대에는 못 미쳤다고들 하시던데, 아마도 저처럼 사진이나 영상으로 본 아름다움이 마음속에 로망으로 실제보다 더 크게 자리를 잡아왔기 때문이지 않을까 싶어요. 이탈리아뿐 아니라 유럽 여행에 대한 막연한 동경과 로망이 있는 건 저 혼자만의 일은 아닌가

봅니다. 이 영화에서도 두 소년, 소녀가 탄식의 다리 밑에서 입
맞춤하면 영원한 사랑이 이뤄진다는 이야기를 믿게 되면서 이
야기가 전개되거든요. 우리나라에는 개봉하지 않았지만, TV에
서 분명히 본 적이 있는데 방영 날짜를 찾을 수가 없어서 미개
봉으로 놔두었습니다.

  할리우드 섹시스타 중 한 명이었던 다이안 레인(Diane Lane)의
데뷔작으로 성인 배우 때의 이미지와는 다른 아역 시절의 귀
여운 모습을 볼 수 있는 작품입니다. 감독은 스팅, 〈내일을 향
해 쏴라〉를 만들었던 조지 로이 힐(George Roy Hill)이 맡았습니
다. 음악은 프랑스 대표 영화음악가 중 한 명인 조르쥬 들르뤼
(Georges Delerue)가 맡았어요. 그는 이 영화로 아카데미 음악상
을 받았습니다. 소개해 드리는 곡은 영화의 메인테마 A Little
Romance에요. 경쾌한 플룻 연주가 정말 멋진 곡입니다. 죠르
쥬 들르뤼는 영화 〈쥴앤짐〉(Jules Et Jim, 1961), 〈25시〉(La Vingt-
Cinquieme Heure, 1967)등 1960~1970년대에는 주로 자국 프랑
스 영화음악을 주로 담당하다가 1980년대 이후에는 〈트윈스〉
(Twins, 1988), 〈볼케이노〉(The Volcano, 1990)와 같은 할리우드 영

화로도 영역을 넓혀갑니다. 리틀 로맨스를 듣고 조르쥬 들르뤼의 곡이 하나 더 듣고 싶어졌다면 영화 〈카운트 다운〉(Compte à Rebours, 1971) 중에서 Adagio(1971)도 감상해 보세요. 이 곡은 2021년에 개봉한 〈프렌치 디스패치〉(The French Dispatch)에서도 사용된 곡으로 딱 들으면 아시는 곡입니다.

배트맨 비긴즈 (Batman Begins, 2005)
2005. 6. 24. 개봉, 미국

Molossus(2005)
제임스 뉴튼 하워드(James Newton Howard) & 한스 짐머(Hans Zimmer)

    6월 중하순이 되면 보통 장마가 찾아옵니다. 비 오는 날이 계속되지만 그다지 시원하지 않습니다. 대낮인데도 어두워서 기분이 별로인 경우가 많고요. 만약 밖에 있어야 한다면 세찬 빗줄기를 피하느라 신발과 옷이 젖는 등 불편한 점이 참 많은 기간입니다. 그런 장마 시즌의 어두운 분위기와 어둠의 기사 배트맨이 잘 어울리기 때문인지 배트맨 시리즈 리부트의 시작을 알리는 〈배트맨 비긴즈〉는 6월 말에 개봉했습니다.

양손의 엄지와 검지를 붙여서 OK하는 모양으로 만든 다음 이를 뒤집어서 눈에다 갖다 대면서 '배트맨!' 하고 외치는 장난이 있었는데요. 1980년대에도 있었던 것을 보면 우리나라에서도 꽤 오래전부터 배트맨의 인기는 상당했던 것 같습니다. 그도 그럴 것이 배트맨이 처음 세상에 선보였던 때가 1939년이었으니까요. 1938년 만화책으로 나온 수퍼맨이 엄청난 사랑을 받자, 출판사인 DC에서는 만화가 밥 케인(Bob Kane)에게 수퍼맨을 이어갈 캐릭터 제작을 의뢰합니다. 밥 케인이 구상한 다크 히어로 컨셉에 동료 만화가 빌 핑거(Bill Finger)의 디자인이 씌워지면서 어둠의 기사 배트맨이 탄생하게 되었어요. 이 시리즈를 원작으로 삼고 있는 영화 〈배트맨〉은 1943년에 처음 영화로 제작되었는데요. 그 작품은 2차 세계대전 중인 당시 상황이 반영되어 악당으로 일본 스파이 다카 박사가 등장하기도 했습니다. 이후로 몇 차례 더 영화화됐지만, 만화적인 느낌을 담으면서도 성인 관객까지 극장을 찾게 할 만큼의 이야기와 볼거리를 담은 팀 버튼(Tim Burton) 감독의 1989년 작 〈배트맨〉(Batman)이 퀄리티를 높여놓은 배트맨으로 평가받고 있습니다. 낮에는 기업의 대표로서 회사 경영을, 밤에는 공권력이 닿을 수 없는 고담시의 어둠에 한 줄기 빛을 비추는 이야기는 오랜 세월이 흘렀음에도 여전히 사람들에게 사랑받았어요.

팀 버튼의 〈배트맨〉은 악당을 물리치는 단순한 히어로를 넘어서 한 인간이 영웅으로 살아가는 고뇌의 이야기도 함께 버무리면서 1992년에 개봉한 2편까지 호평받게 됩니다. 하지만 3, 4편으로 넘어가면서 전형적인 할리우드 오락영화로 변해 가고 맙니다. 그 후 10년 정도 지난 2005년, 영국의 영화감독 크리스토퍼 놀란(Christopher Nolan)이 연출한 배트맨 리부트 3부작은 앞선 4부작과는 또 다른 모습의 배트맨을 보여줍니다. 개봉 당시 크리스토퍼 놀란은 2001년에 개봉한 〈메멘토〉(Memento)로 국내에 그의 마니아층이 형성된 상태였어요. 하지만 〈배트맨 비긴즈〉는 당시 관객 90만 명을 동원하는 데 그쳤는데요. 놀란 감독에 대한 팬들의 열렬한 지지와는 달리 조용히 기억에 사라지는 작품이 되는 것만 같았습니다. 하지만 3년 뒤 개봉한 속편 〈다크 나이트〉(The Dark Knight, 2008)가 팀 버튼의 속편 〈배트맨 리턴즈〉(Batman Returns)와 견주어도 절대 뒤지지 않는다는 평이 나오기 시작했고, 입소문이 나면서 400만 명이 넘는 흥행을 기록했어요. 뒤이어 최종편인 〈다크 나이트 라이즈〉(The Dark Knight Rises, 2012)까지 개봉하면서 〈배트맨 비긴즈〉가 재평가받게 되었습니다.

음악은 앞서 소개해 드린 리모트 컨트롤 프로덕션의 두 거물 한스 짐머와 제임스 뉴튼 하워드가 함께 맡았습니다. 두 사람은 2편까지 공동작업을 했고 3편에는 한스 짐머만 음악을 담당했어요. 몰로소스는 그리스 신화에 나오는 인물이기도 하고 중남미에 서식하는 박쥐의 한 종류이기도 한데요. 후자에 초점을 두고 작곡을 한 것 같습니다. 영화에 보면 우물에 떨어진 브루스 웨인에게 박쥐 떼가 날아드는 장면이 있는데요. 음악을 듣다 보면 그 장면이 떠오르더라고요. 갑자기 부모님을 모두 여읜 후 찾아온 불안한 마음과 박쥐에 대한 공포심을 이겨내고 어둠의 기사가 된 브루스 웨인의 심장 박동처럼 들려왔습니다.

이 곡이 마음에 와닿으셨다면 〈배트맨 대 슈퍼맨: 저스티스의 시작〉(Batman vs Superman: Dawn of Justice, 2016) 중에서 Wonder Woman Theme(2016)을 감상해 보세요. DC의 히어로 영화에

많은 곡을 남긴 한스 짐머는 TV 시리즈 〈원더우먼〉(1975~1979)으로 유명한 린다 카터(Lynda Carter) 이후 30여 년 만에 등장한 2대 원더우먼 갤 가돗(Gal Gadot)에게 원더우먼이라는 이름의 무게와 어울리는 좋은 곡을 만들어줬습니다.

스피릿 (Spirit: Stallion of The Cimarron, 2002)

2002. 7. 5. 개봉, 미국

Don't Let Go(2002)
브라이언 아담스(Bryan Adams) & 사라 맥라클란(Sarah McLachlan)

　2000년대에 들어오면서 기술의 발전으로 2D 애니메이션은 점점 3D 애니메이션으로 옮겨갔고 사람이 직접 그리던 방식에서 컴퓨터로 그리는 컴퓨터 애니메이션의 시대가 오기 시작했습니다. 2002년에 개봉한 〈스피릿〉은 드림웍스에서 제작한 셀 애니메이션 마지막 세대 작품입니다. 〈스피릿〉은 캐릭터는 2D, 배경은 3D로 제작이 되었는데, 흥행의 실패로 드림웍스는 〈스피릿〉 이후 3D 애니메이션에 전념하게 됩니다.

서부 개척 시대 인디언 청년과 기병대 사이를 오가며 길들지 않는 야생마로 살고 싶은 종마(種馬) 스피릿이 이 작품의 주인공입니다. 스피릿과 인디언 청년 리틀 크릭과의 우정, 그리고 암말인 레인과의 사랑을 그린 작품이에요. 대사가 많이 없는 편이고 어느 정도 예상이 되는 잔잔한 스토리 때문인지 큰 사랑은 받지 못했지만, 사운드트랙은 많은 사랑을 받았습니다.

　야생마라는 단어를 들으면, 내 모습 그대로를 인정받고 싶은 마음과 어딘가 구속당하지 않고 자유롭게 달리고 싶은 마음이 제일 먼저 떠오르는데요. 이 작품에서도 이런 감정을 스피릿이라는 캐릭터에 잘 녹여냈습니다. 사운드트랙에는 Brothers Under The Sun, Here I Am 등 브라이언 아담스가 여러 곡에 참여했지만, 그중에서 Don't Let Go가 가장 멋진 것 같습니다. 함께 듀엣으로 곡을 부른 사라 맥라클란 역시 캐나다를 대표하는 싱어송라이터로 한번 들으면 빠져드는 음색을 가지고 있어서, 우리나라에도 많은 팬을 보유하고 있습니다. 워낙 개성이 강한 두 가수의 듀엣인지라 가수의 이름만 들으면 그 호흡이 잘 맞을지 궁금해지는데요. 들어보면 역시 이름있는 사람들은 괜히 이름이 난 게 아니라는 생각이 들게 만듭니다.

I can't believe this moment's come

이런 순간이 다가오다니 믿을 수 없어

It's so incredible that we're alone

우리가 혼자라니 정말 믿어지지 않아

There's so much to be said and done

많이 듣고 많이 한 말이 있지

It's impossible not to be overcome

극복하지 못할 일은 없노라고

　이 곡이 마음에 드셨다면 두 사람이 다른 영화에 남겼던 명곡들도 감상해 보세요. 브라이언 아담스가 남긴 영화음악의 대표곡이라고 하면 〈로빈후드〉(Robin Hood: Prince Of Thieves, 1991)에 실렸던 Everything I Do I Do It For You(1991)입니다. 당시 7주 연속 빌보드 정상을 지킨 곡이에요. 그리고 또 하나, 영화 〈천국의 낙원〉(A Night in Heaven, 1983) 오프닝에 실린 Heaven(1983)

도 함께 감상해 보세요. 이 곡도 브라이언 아담스를 빌보드 정

상으로 올려준 곡이에요.

해리 포터와 불사조 기사단
(Harry Potter and The Order of The Phoenix, 2007)

2007. 7. 11. 개봉, 미국, 영국

Fireworks(2007)
니콜라스 후퍼(Nicholas Hooper)

앞서《내 일기장 속 영화음악》에서 홍콩 영화사 골든 하베스트의 골든 트리오 성룡, 홍금보, 원표에 대해 말씀드린 적이 있었습니다. 저와 비슷한 연배라면 골든 트리오라는 단어를 들으면 당연히 그 세 명을 떠올리게 되실 텐데요. 이젠 적지 않은 분들이 골든 트리오라고 하면 해리포터 시리즈의 3인방 다니엘 래드클리프(Daniel Radcliffe), 엠마 왓슨(Emma Watson), 루퍼트 그린트(Rupert Grint)를 떠올리게 되었습니다. 그도 그럴 것이 해리

포터 시리즈의 1편 〈해리 포터와 마법사의 돌〉(Harry Potter And The Sorcerer's Stone)이 개봉한 2001년부터 최종편인 〈해리 포터와 죽음의 성물-2부〉(Harry Potter And The Deathly Hallows: Part 2)가 개봉한 2011년까지 장장 10년 동안 방학이면 개봉하는 영화로 자리를 잡았었기 때문입니다. 2000년대에 어린이, 청소년 시절을 겪은 세대에게 해리 포터는 추억의 한 부분이 된 것이죠.

2000년대는 판타지 소설의 고전을 읽고 자란 세대가 영화감독이 되면서 J.R.R. 톨킨(J.R.R.Tolkien)의 소설 《반지의 제왕》(The Lord Of The Rings, 1954~1955), C.S. 루이스(C.S. Lewis)의 소설 《나니아 연대기》(The Chronicles of Narnia, 1950~1956)가 블록버스터급 시리즈로 만들어지기 시작합니다. 톨킨과 루이스 모두 영국 작가인데요. 거기에 또 한 명의 작가를 빼놓을 수 없을 것 같습니다. 《해리 포터》(1997~2007) 시리즈의 J.K. 롤링(J.K. Rowling)인데요. 앞선 두 작가보다 훨씬 뒤에 나온 작가지만, 고전의 반열에 어깨를 나란히 할 만큼 명성을 얻게 되었어요. 많은 베스트셀러 작가가 그렇듯, 이 대단한 시리즈도 여러 차례 출판

거절을 당했는데요. 이유는 어린이가 읽기에 너무 길다는 것이 었습니다. 열두 번의 거절을 받고 열세 번째에 작은 출판사인 블룸즈베리 출판사(Bloomsbury Publishing)에서 1권 《해리 포터 와 마법사의 돌》을 내놓으면서 최고의 아동문학가에게 수여하 는 '안데르센 상'을 받기에 이릅니다.

시리즈의 다섯 번째 이야기인 불사조 기사단은 이야기가 조 금 어두운 분위기로 바뀌는 부분이면서 종결로 가기 위한 통 로 역할을 하는 이야기입니다. 추천해드리는 니콜라스 후퍼의 Fireworks는 희한하게도 결혼식장에서 종종 들어봤습니다. 이 곡을 결혼식장에서 들을 수 있었던 건 아마도 해리 포터와 같 은 시대를 살았던 세대에게 은연중에 이 곡이 친숙하기 때문이 아닐까 생각이 듭니다. 이 곡이 마음에 와닿으셨다면 1편의 시 작을 알리는 존 윌리엄스의 Prologue (From Harry Potter and the Sorcerer's Stone, 2001)을 감상해 보세요. 위대한 판타지 영화의 시 작을 알린 명곡입니다.

쥬라기 공원 (Jurassic Park, 1993)

1993. 7. 17. 개봉, 미국

Theme From Jurassic Park(1993)

존 윌리엄스(John Williams)

요즘은 맞벌이 가정도 많고, 아이 엄마들도 틈을 내어 일하시는 분들이 많아서 조부모님의 도움이 없다면 아이들을 온전히 사교육에 맡길 수밖에 없는 시대가 되었습니다. 그래서 아마도 지금의 아이들이 어른이 되었을 때는 저의 세대와는 또 다른 느낌으로 조부모님을 기억할 것 같은 생각이 들어요. 할머니, 할아버지들의 사랑을 생각하면 공통점이 있는데요. 엄마, 아빠보다 더 믿어주고 더 기다려 주며 더 너그럽게 대해 주는 마음인 것 같습니다. 부모님은 자녀가 잘되라고 잔소리가 앞서지만, 할아버지, 할머니는 조금 다르죠. 잔소리해 봐야 듣지 않을 것을, 그리고 그렇다고 사람이 쉽게 변하지 않는다는 것을 경험으로 알고 계시기에 타이름보단 격려와 믿음을 더 해주십니다.

영화 〈쥬라기 공원〉에는 인자한 얼굴의 할아버지가 한 분 등장해요. 손주들을 위해서 엄청난 규모의 공룡테마파크를 만들었지요. 참 부럽기도 합니다. 거기에 벨로키랍토르, 티라노사우루스 같은 무시무시한 육식공룡도 있고 목이 긴 브라키오사우루스, 뿔이 세 개 달린 트리케라톱스 같은 초식공룡도 있습니다. 그 따뜻한 미소를 가진 할아버지 역을 맡았던 배우는 1982년 〈간디〉(Gandhi)로 아카데미 8개 부문을 수상했고, 영화 〈코러스 라인〉(A Chorus Line, 1988)으로도 유명한 리차드 아텐보로(Richard Attenborough) 감독입니다. 스크린 속 그의 얼굴을 보고 있으면 참 푸근한 인상을 받습니다. 손주들을 위해, 그리고 많은 사람에게 좋은 구경거리를 보여주려고 쥬라기 공원을 만들었지만, 결말은 우리가 아는 대로 해피엔딩은 아닙니다.

영화는 미국의 유명 소설가 마이클 크라이튼(Michael Crichton)이 1990년에 발표한 동명의 소설을 원작으로 하고 있어요. 마이클 크라이튼은 하버드 대학교에서 문학과 의학을 전공한 참 똑똑한 인물입니다. 거기에 얼굴도 잘생겨서 인기가 많았어요. 그리고 키도 큽니다. 신장이 무려 206cm예요. 마이클 크라이튼의 소설은 과학과 의학에서 얻은 영감과 그가 만들어 낸 허구를 적절히 조화시켜 독자들에게 많은 사랑을 받았고 영화감독들에게도 깊은 영감을 주었어요. 그 때문에 〈쥬라기 공원〉 말고도 소설 《콩고》(Congo, 1980), 《떠오르는 태양》(Rising Sun, 1992), 《폭로》(Disclosure, 1994)가 연이어 영화화되었습니다.

마이클 크라이튼은 소설 《쥬라기 공원》을 쓰면서 영화제작을 염두에 두고 집필했다 해요. 그 자신감이 대단하죠? 그리고 그 자신감이 스티븐 스필버그 감독의 눈에 띄면서 소설이 세상에 나오기 전에 영화제작이 결정됩니다. 우리나라에는 1990년대까지 번역서가 나와 있었지만 2000년대 이후 절판되면서 원작을 읽으려면 아쉽게도 원서를 읽는 수밖에 없어졌어요. 책도 재미있는 작품이라 이점이 참 아쉽습니다. 대가들의 만남이었기에 영화는 성공을 거두어 당시 10억 달러라는 엄청난 이익을 거둡니다. 1편이 큰 흥행을 거두자 속편 제작이 자연스레 이어졌어요. 원작 소설이 있는 2편 〈잃어버린 세계〉가 1995년에 개봉했고, 2001년에는 창작물인 3편이 개봉했어요.

음악은 스티븐 스필버그 감독의 오랜 음악 파트너 존 윌리엄스가 맡았습니다. 그중에서 메인 테마 Theme From Jurassic Park를 추천해드립니다. 이 곡을 듣고 있노라면 쥬라기 공원의 문이 천천히 열리고 푸른 초원에서 한가로이 풀을 뜯는 초식공룡들의 모습이 보이는 것만 같아요. 지루할 틈이 없는 구성을 가진 정말 멋진 곡입니다. 이 곡이 마음에 와닿으셨다면 스티븐 스필버그-존 윌리엄스 콤비 하면 빼놓을 수 없는 명곡 〈E.T.〉(1984) 중에서 Flying(1984)도 함께 감상해 보세요. 두 사람은 1974년 〈슈가랜드 특급〉(The Sugarland Express)에서 인연을 맺은 후 〈죠스〉(Jaws, 1975), 〈후크〉(Hook, 1992), 〈쉰들러 리스트〉(Schindler's List, 1994) 등 우리에게 친숙한 영화에 모두 그의 음악이 들어가 있습니다. 하지만 〈E.T.〉의 Flying이 가장 먼저 떠오르고 또 오래 기억에 남는 것 같습니다.

칼의 고백 (CAL, 1984)

1995. 7. 23. KBS1 TV 방영, 영국

The Long Road(1984)

마크 노플러(Mark Knopfler)

　　영국 배우 헬렌 미렌(Helen Mirren) 주연의 〈칼의 고백〉은 조금
은 생소한 작품이지만, 음악 때문에 지금까지 언급되는 작품 중
하나라고 할 수 있겠습니다. 그렇다고 영화가 별로인 것은 아
닙니다. 헬렌 미렌은 이 영화로 칸 영화제 여우주연상을 받았기
때문이에요. 헬렌 미렌은 이 작품 말고도 〈조지 왕의 광기〉(The
Madness of King George, 1994)로 이후 또 한 번 칸 영화제에서 여우
주연상을 받았고, 21세기에 들어서는 〈더 퀸〉(The Queen, 2006)

에서 엘리자베스 2세 여왕역을 열연하여 미국, 영국에서 모두 아카데미 여우주연상을 받았습니다. 근래에는 〈분노의 질주: 더 익스트림〉(The Fast and The Furious 8, 2017)에서 제이슨 스타뎀 (Jason Statham)의 엄마 역으로 출연했었어요. 이렇게 대충만 이력을 훑어봐도 오랜 시간 동안 여러 장르에 출연한 연기파 배우임을 알 수 있습니다.

이제 조금 다른 이야기를 해 보겠습니다. 뉴스에서도 소식을 들은 지 오래지만, 예전에는 아일랜드 공화국군(Irish Republican Army, IRA)에 대한 소식이 종종 들리곤 했는데요. 영화에도 IRA가 등장합니다. 영화는 우리나라에서 개봉하진 않았고 TV에서 방영한 적이 있었어요. 하지만, 영화를 볼 수 없었기 때문에 영화에 대해서는 말씀드릴 게 많지 않아요. 그래도 음악만큼은 제가 참 오랫동안 사랑한 앨범입니다. 이 앨범을 사기 위해 길을 가다 음반매장을 만나면 무조건 들어가서 CAL의 사운드트랙이 있는지 정말 많이 확인했었고, 처음 찾기 시작한 이후 1년 정도가 지나 우연히 음반을 발견했을 때 얼마나 좋았는지 그 기억이 아직도 생생해요. 당시 고등학생이던 저는 CD를 구매할 돈이 아까워서, 카세트테이프만 찾았기 때문에 그 기쁨은 아주 컸습니다. 음악은 영국 그룹 다이어 스트레이츠(Dire Straits)의 기타리스트 마크 노플러가 맡았습니다. 이 곡은 7분이 넘는 굉장히 긴 곡인데요. 전반 2~3분이 곡 대부분을 차지하기에 후반부는 조금 지루한 감이 없지는 않지만, 전반부가 워낙에 훌륭하여서 후반부의 지루함을 상쇄시키기에 충분한 곡이에요. 특히 여름밤에 방에 창문을 열고 누워서 선풍기 바람을 맞으면서 들으면 제격인 곡입니다.

이 곡은 뭔가 신비로우면서도 이국적인 느낌에 마음을 단숨에 뺏겼습니다. 지금이야 아일랜드 악기가 대중가요에도 등장할 만큼 널리 알려진 악기들이 되었지만, 1990년대에는 인터넷도 없었기에, 어떤 악기이며 어떻게 생겼는지 전혀 알 길이 없었어요. 앨범 표지에 적혀있는 연주자 목록과 담당 악기를 보고 나서 아련한 느낌을 가져다주는 피리의 이름을 알게 되었습니다. 그리고 동네 도서관 자료실에서 브리태니커를 찾아서 생김새를 겨우 알 수 있었어요. 이때 알게 된 틴 휘슬(Tin Whistle, 일명 아이리시 휘슬) 덕분에 멀티 악기 연주자 권병호 음악 감독님을 알게 되었고, 이 악기를 좋아하는 분들도 알 수 있게 해 주었기에 저에겐 참 소중한 곡입니다. 이 곡이 마음에 와닿으셨다면 같은 앨범에서 Irish Boy(1984)도 꼭 한번 감상해 보세요.

분노의 역류 (Backdraft, 1991)

1991년 8월 3일 개봉, 미국

Show Me Your fire Truck(1991)

한스 짐머(Hans Zimmer)

다른 사람의 생명이나 재산, 그리고 갖은 어려움에 놓인 사람들의 부름에 할 수 있는 가장 빠른 걸음으로 달려와 주는 소방공무원 분들의 노력과 헌신에 감사와 응원의 마음을 보내지 않는 분은 아마 거의 없을 거로 생각합니다. 국민을 위해 여러 사람이 일하고 있지만, 우리의 일상을 살펴주는 소방공무원과 국가를 지키는 국군장병의 노고야말로 크게 박수 쳐 드려야 마땅하다고 생각해요.

제가 어렸을 때 사람들에게 재미있게 본 재난영화가 뭐냐고 물었다면 아마도 〈타워링〉(The Towering Inferno, 1974)과 〈포세이돈 어드벤처〉(Poseidon Adventure, 1978) 라고 대답했을 거예요. 더욱이 〈타워링〉은 '서울 명동 대연각 호텔 화재(1972)'를 모티프로 했기 때문에 1980년대까지도 많은 이들이 그 사건을 기억하고 있었고, 스티브 맥퀸(Steve McQueen), 폴 뉴먼(Paul Newman) 등 당대 유명 배우들이 참여한 블록버스터여서 TV에서도 자주 방영해 줬었거든요. 물론 재미도 상당했습니다. 화재를 주제로 한 영화라 하면 1980년대까지는 분명 〈타워링〉이 최고였던 것 같습니다. 하지만 1991년 분노의 역류와 1997년 〈타이타닉〉이 개봉하면서 〈타워링〉과 〈포세이돈 어드벤처〉는 이 작품들에 바통을 넘겨주었다는 생각이 들어요. 〈분노의 역류〉는 〈타워링〉의 스케일을 넘어서지는 못하지만, 재미 면에서는 절대 뒤지지 않습니다. 화재 현장에서 사람들을 구조하는 과정에 초점을 둔 〈타워링〉과 달리 〈분노의 역류〉는 몸을 바쳐 헌신하는 이들에게 포커스를 맞추어 또 다른 재미와 감동을 가져다줬어요. 커트 러셀(Kurt Russell), 윌리엄 볼드윈(William Baldwin), 로버트 드 니로(Robert De Niro) 등 캐스팅도 화려합니다.

이 작품은 포스터도 유명합니다. 누구나 마주하면 뒷걸음질 칠 만큼 엄청난 화염으로 둘러싸인 화재 현장으로 묵묵히 걸어 들어가는 소방관의 사진 한 장으로 영화의 주제를 잘 설명해주는 멋진 포스터예요. 그리고 또 다른 버전의 포스터도 있죠? 한 손에는 소방 도끼를, 다른 한 손에는 아이를 안고 나오는 소방관의 모습이 담겨 있어요. 포스터 속 불길로 들어간 소방관의 안부와 화염이 휩싸인 건물 속에 웅크리고 있었을 아이의 안부를 확인할 수 있는 좋은 포스터입니다.

음악은 한스 짐머가 맡았습니다. 여름에 개봉한 영화들과 한스 짐머의 음악이 잘 어울리는지 한스 짐머의 이름이 여러 번 등장하게 되는군요. 사운드트랙에는 두 형제가 소방호스를 메고 경주하는 장면에 나왔던 The Show Goes On(1988), 엔딩에 나오는 Set Me It Motion(1991)과 같은 좋은 노래들도 있지만, 좋은 스코어가 있었기에 죽음의 공포를 극복하려는 이들의 모습이 관객들에게 더 다가갈 수 있게 만든 것 같습니다. 이 곡이 마음에 와닿으셨다면 한스 짐머 초기 영화음악인 〈레인맨〉

(Rain Man, 1988) 사운드트랙 중에서 Leaving Wallbrook/On the Road(1988)도 감상해 보세요.

매직 스워드 (Quest for Camelot, 1998)

1998년 8월 15일 개봉, 미국

The Prayer(1998)

셀린 디온(Celine Dion) & 안드레아 보첼리(Andrea Bocelli)

I pray you'll be our eyes and watch us where we go

우리의 눈이 되어 주시고 우리의 가는 길을 지켜 보아주소서

And help us to be wise in times when we don't know

우리가 어찌해야 할지 모를 때에 지혜로워지도록 도와주소서

Let this be our prayer when we lose our way

우리가 어디로 가야 할지 모를 때 이것이 우리의 기도가 되게

하여 주소서

1997년 IMF 시대가 오면서 많은 가정에 어둠의 그림자가 드리워지기 시작했습니다. 영화가 개봉한 1998년 저는 군에 복무하고 있었는데, 어느 날 휴가를 나와 보니 집을 팔고 크기를 줄여서 셋집으로 이사를 해야 한다는 가슴 답답해지는 소식을 어머니께 듣게 되었어요. 가족의 어깨를 누르는 무게감은 여지없이 우리 집에도 찾아온 것이었습니다. 군대에 있는 몸이라 아무것도 할 수 있는 게 없었기에, 그때 제가 할 수 있는 것이라고는 기도 말고는 없었어요. 휴가를 마치고 부대에 복귀해서 밤하늘을 보며 답답함을 달랬던 그 기억이 지금도 생생하게 납니다. 군부대에서 보는 밤하늘에는 환한 달도 밝은 별도 많이 보였는데, 저의 마음은 그렇지 못했거든요. 살다 보면 정말 어디로 가야 할지 모를 때, 어찌해야 할지 모를 때가 다가옵니다. 그런 무너진 마음을 딛고 무거워진 무릎과 어깨를 들어 일으키는 힘은 기도가 아닐까 생각해봅니다.

영화는 몰라도 음악은 잘 아는 작품들이 있죠? 이 작품은 흥행에 실패하고 많은 이들의 기억 속에서 희미해진 애니메이션이 되었지만 좋은 음악이 있었기 때문에 지금까지 거론이 되는 작품 중 하나입니다. 이 작품은 우리가 익히 알고 있는 영국의 전설《아더 왕과 원탁의 기사》를 소재로 하고 있어요. 루버라는 악인이 나타나 전설의 속의 성검(聖劍) 엑스칼리버(Excalibur)를 차지해서 영국을 차지하려는 계획을 꾸밉니다. 이때 원탁의 기사의 딸 케일리와 친구들이 힘을 합쳐 루버의 계략을 이기고 왕국을 구한다는 내용이에요. 워너 브라더스가 제작한 이 작품은 당시 최고의 인기를 누리고 있던 디즈니 애니메이션과는 작화의 결이 달랐기에 이질감을 느낀 관객들에게 외면받은 것 같습니다. 뮤지컬을 구성하는 능력도 디즈니에 비해 좀 떨어진 면도 있었어요. 하지만 주제가 The Prayer는 큰 사랑을 받았습니다.

원래는 셀린 디온과 안드레아 보첼리가 영어 버전과 이탈리아어 버전을 각각 불렀는데 이 곡이 많은 사랑을 받자, 1999년 듀엣 버전이 나오게 되었고, 이 곡은 골든글로브 주제가상을 받았습니다. 작곡, 프로듀싱은 셀린 디온과 많은 곡을 함께 만든 데이빗 포스터(David Foster), 작사는 미스터 아더 의 주제가 Best That You Can Do를 만든 캐롤 베이어 새거(Carole Bayer Sager)가 맡았어요. 2008년 셀린 디온은 뮤지컬 배우 조쉬 그로반

(Josh Groban)과 다시 앨범을 발매해서 큰 사랑을 받았는데요. 저는 안드레아 보첼리와 함께 부른 버전이 더 좋은 것 같습니다. 이 곡이 마음에 와닿으셨다면 셀린 디온이 남긴 또 하나의 멋진 곡이 있죠. 〈업 클로즈 앤 퍼스널〉(Up Close and Personal, 1996)의 주제가 Because You Loved Me(1996)도 감상해 보세요. 빌보드 차트 1위에 오른 곡은 다 이유가 있더라고요.

프리 윌리 2 (Free Willy 2, 1995)

1995년 8월 19일 개봉, 미국

Childhood(1995)

마이클 잭슨(Michael Jackson)

Have you seen my childhood?

내 어린 시절을 본 적 있나요?

I'm searching for the world that I come from

내가 떠나온 그 세상을 찾고 있어요

'Cause I've been looking around

그래서 살펴보고 있었어요

In the lost and found of my heart

내 마음속 분실물 보관소 이곳저곳을요

마이클 잭슨, 누구나 한 번쯤 들어본 이름일 것입니다. 인종차별이 여전했던 1970~1980년대 미국에서 백인들에게 흑인 가수의 노래를 즐기게 만든 사람. 미국을 넘어 세계인이 즐기는 팝 음악을 만든 사람. 냉전 시대 러시아, 동유럽 국가에서도 공연을 펼쳐 이념을 넘어 큰 사랑을 받은 팝의 황제(King of Pop). 저는 마이클 잭슨을 이렇게 기억하고 있습니다.

1994년에 개봉한 〈프리 윌리〉(Free Willy)는 영화는 물론, 마이클 잭슨이 부른 주제가 Will You Be There가 큰 사랑을 받은 작품입니다. 요즘도 바다가 등장하는 프로그램에서 배경음악으로 Will You Be There를 종종 들을 수 있는데요. 많은 사람의 머릿속에 영화를 통해 보여줬던 소년과 고래의 우정에 대한 기억을 남아 있게 만든 것 같습니다. 범고래 윌리역으로 나왔던 고래 케이코(Keiko)는 아이슬란드에서 포획된 후 멕시코시티의 한 수족관에서 고래 쇼를 하게 되는데요. 수컷임에도 불구하고 일본 여자 이름인 케이코(景子 혹은 慶子인 것 같습니다)로 불렸어요. 우리 발음으로 읽으면 '경자'가 되는데 어딘가 모르게 친근한 이름입니다. 여하튼 그 케이코가 영화에 출연하게 되고 많은 인기를 얻으면서 영화에서처럼 자연으로 되돌려 보내 주자는 의견에 힘을 실리게 됩니다. 마침내 2002년 아이슬란드 바다로 되돌려 보내지지만, 바다 적응에 실패하면서 케이코는 다시 1,500km를 헤엄쳐 노르웨이로 돌아옵니다. 그리고 노르웨이의 한 수족관에서 홀로 지내다 1년 뒤 생을 마감하게 돼요. 스크린 동물 스타의 참 쓸쓸한 이별이죠?

1편의 흥행에 힘입어 1995년에 개봉한 〈프리 윌리 2〉는 캠핑을 떠난 주인공 제시가 자연으로 보내준 윌리를 2년 만에 우연히 다시 만나면서 펼쳐지는 이야기예요. 캠핑장 주변, 고래 윌리와 윌리의 동생들이 사는 바다에 기름 유출 사고가 생기고 제시는 윌리를 구하기 위해 온몸을 던지는 우정의 이야기를 또 한 번 만들어 냅니다. 2편에서는 촬영 당시 케이코의 건강이 나빠져서 윌리를 로봇으로 만들어서 촬영해야 했어요.

주제가는 1편에 이어서 2편에서도 마이클 잭슨이 불렀습니다. 작곡과 프로듀싱을 모두 맡았던 Will You Be There와 달리 2편에서는 캐나다의 프로듀서 데이빗 포스터와 손잡고 Childhood라는 명곡을 만들어 냈어요. 바다를 떠오르게 만드는 1편과는 또 다른 아련한 느낌의 멋진 곡인데요. 마이클 잭슨의 어린 시절 이야기를 가사에 담았다고 전해집니다. 이 곡이 마음에 와닿으셨다면 마이클 잭슨이 Childhood 이후에 발표한 You Are Not Alone(1995)도 함께 감상해 보세요.

와호장룡 (臥虎藏龍, 2000)
2000년 8월 19일 개봉, 대만, 홍콩, 미국, 중국

Night Fight(2000)
탄둔(譚盾)

　요즘 버스나 지하철 풍경을 보면 어른, 아이 할 것 없이 스마트폰을 보고 있는 모습을 쉽게 볼 수 있습니다. 전처럼 책을 보시는 분들은 이제 거의 사라졌어요. 제가 청소년기를 지나던 때 남자아이들은 만화책이나 삼국지, 무협지를 많이 읽었습니다. 저는 예전 학생들이 더 책을 사랑한 거라 생각했는데, 다시 생각해보니 그때는 스마트폰이 없었기 때문에 심심했던 아이들이 무협지나 《삼국지》를 봤던 것 같아요. 무협지 중에서는 대

부분의 남학생이 소설 《영웅문》을 봤어요. 3부 18권으로 이뤄져 있는 엄청나게 긴 책을 서로 빌려 가면서 보는 아이들이 많이 있었고, 그중에 저도 끼어 있었습니다. 하지만 저는 전부 읽지는 못했어요. 그래서 영웅문을 전부 읽었다는 사람과 비슷한 분량의 소설 《토지》 전권을 읽었다는 사람을 만나면 존경의 눈빛으로 바라보곤 합니다. 소설 영웅문은 대만의 소설가 김용(金庸)의 작품으로 1부 《사조영웅전》(射鵰英雄傳, 1957~1959), 2부 《신조협려》(神鵰俠侶), 1959~1961), 3부 《의천도룡기》(倚天屠龍記, 1961~1963)로 이뤄져 있고 이들 모두 드라마나 영화로 만들어 질 만큼 큰 사랑을 받았습니다.

와호장룡도 원작이 있는데요. 로맨스 무협 소설을 주로 저술했던 중국의 소설가 왕도려(王度廬)의 《학철오부곡》(鶴鐵五部曲) 5부작 중 4부를 '와호장룡'이라는 이름으로 제작했습니다. 우리나라에는 《청강만리》(淸江萬里)라는 이름으로 번역되어 출판된 적이 있었어요. '누워있는 호랑이와 숨어 있는 용'이라는 제목을 들으면 언뜻 《삼국지》의 와룡선생, 제갈량(諸葛亮)이 떠오르지만, 영화는 그것과는 거리가 있고 보통 무협지의 구성을 따르고 있습니다. 장첸(張震)이 연기한 나소호(羅小虎)와 장쯔이(章子怡)가 맡았던 옥교룡(玉嬌龍)의 사랑 이야기, 그리고 애정과 우정을 넘나드는 주윤발(周潤發), 양자경(楊紫瓊)의 사연을 잘 엮어서 참 좋은 작품을 만들어 냈습니다. 당시 할리우드에 진출한 대만의 영화감독 이안(李安)이 연출을 맡았기에 가능하지 않았나 싶은데요. 영화 〈결혼피로연〉(喜宴, 1993), 〈음식 남녀〉(飮食男女, 1994)로 인정받기 시작한 이안 감독은 할리우드로 건너가서 만든 〈센스 앤 센서빌리티〉(Sense and Sensibility, 1995)로 베를린 영화제 황금곰상을 받게 됩니다. 그리고 〈와호장룡〉으로 4개의 오스카상을 받았어요. 신인 배우와 유명 배우의 연기의 합도 좋았습니다. 저는 〈영웅본색 2〉(英雄本色 2, 1988) 이후 주윤발의 오랜 팬이었기 때문에 뒷짐을 지며 검과 하나가 되는 그의 무예를 보는 것도 좋았지만, 영화를 통해 들려오는 음악이 참 좋았습니다.

음악을 맡은 탄둔은 영화음악가라기보다는 클래식을 전공한 현대 음악가라고 해야 할 것 같습니다. 〈와호장룡〉으로 아카데미 음악상, 그래미상을 받았지만 이후 영화에서는 〈영웅 : 천하의 시작〉(英雄, 2002), 〈야연〉(夜宴, 2006)에서만 활약했어요. 하지만 중국의 전통 음악과 클래식을 접목한 실험적인 음악 활동이나 실내악 활동은 꾸준하게 이어갔습니다. 보검 청명검(青冥劍)을 훔쳐 달아나는 옥교룡과 이를 쫓는 유수련(俞秀蓮)의 추격신에서 나왔던 Night Fight는 두 사람의 와이어 액션과 잘 어우러지면서 더욱 박진감 넘치는 장면으로 만들어 주었습니다. 이 곡이 마음에 와닿으셨다면 〈와호장룡〉 중에서 한 곡을 더 들어보는 건 어떨까요? 옥교룡이 강호의 세계로 들어가 실력을 뽐낼 때 나왔던 To the South(2000)도 함께 감상해 보세요.

기쿠지로의 여름 (菊次郎の夏, 1999)

2002년 8월 30일 개봉, 일본

Summer(1999)

히사이시 조(久石讓)

　길게만 느껴지던 여름은 삼복더위를 지나 8월 하순으로 접어 들면서 저녁에는 제법 선선한 느낌이 들기 시작합니다. 조금씩 가을로 다가가고 있는 것이죠. 여름이 되면 들려오는 곡 중 하나인 Summer를 들을 수 있는 영화 〈기쿠지로의 여름〉은 여름의 끝자락인 8월 30일에 개봉했어요. 일본영화는 국민 정서가 있기에 1998년, 일본문화개방이 되면서 정식으로 국내에 들어오기 시작했어요. 하지만 지금도 일본어 가사가 있는 노래는 방송에서 나오지 않고 있죠. 그만큼 과거 역사에 대한 앙금과 골도 깊고, 독일처럼 깔끔한 과거에 대한 사과도 있지 않았기 때문일 텐데요. 그런데도 히사이시 조는 오래전부터 사카모토 류이치(坂本龍一), 쿠라모토 유키(倉本裕基)와 함께 우리나라에서 참 많은 사랑을 받았습니다. 내한공연도 자주 할 만큼 많은 사랑을 받았는데요. 특히 Summer는 21세기 들어 피아노를 배우신 분이라면 한 번쯤 도전해 봤을 만큼 널리 연주되고 있고, 놀이공원, TV 프로그램 등에서 지금까지도 자주 들을 수 있을 만큼 유명한 곡입니다.

일본영화가 우리 극장에 개봉하는 경우는 검증된 좋은 작품이거나 유명 감독이나 배우가 출연한 작품이어야 했는데요. 영화의 주연과 감독을 맡은 키타노 타케시(北野武)는 우리나라에 개봉한 일본영화 1호인 〈하나-비〉(花火, 1997)로 당시에도 이름이 알려진 배우였어요. 일본에서는 이미 유명한 코미디언 이었구요. 키타노 타케시는 사람을 웃기는 재주도 있고 섬뜩한 연기도 잘하고 영화 연출도 하는 만능 재주꾼입니다. 〈기쿠지로의 여름〉에서는 한 아이와의 여행을 통해 어른도 계속 자신을 깨우치면서 성장해 나가는 존재라는 걸 보여줍니다.

아버지가 일찍 돌아가셔서 할머니와 단둘이 사는 9살 마사오에게는 여름방학이 마냥 좋은 일만은 아닙니다. 친구들은 방학을 보내러 친척 집에 놀러 가거나 엄마 아빠와 여행을 떠났고, 유일한 가족인 할머니는 일하러 가셔야 했기 때문이에요. 자연히 마사오에게 있어 여름방학은 재밌다기보단 홀로 있는 시간이 많아 더 심심한 시간이 되어 버린 것이죠. 그러던 어느 날 먼 곳에 일하러 나갔다는 엄마의 주소가 집에서 발견되고, 마사오는 그 주소만 들고 엄마를 찾아 무작정 집을 나섭니다. 하지만 얼마 후 불량배에게 가지고 있던 얼마 되지 않는 돈을 모두 뺏기게 되는데요. 이때 만나게 된 전직 야쿠자 출신의 한 아저씨와 함께 엄마를 찾으러 가며 이야기가 시작됩니다. 아저씨가 마사오와 함께 여행을 떠나게 된 이유는 아저씨 역시 어릴 적 엄마의 빈자리 때문에 마음이 아팠던 기억이 있기 때문이었어요.

쌉싸름하면서도 시큰한 감동을 준 이 영화는 음악이 더 큰 사

랑을 받았습니다. Summer 말고도 같은 사운드트랙에 실려 있는 Kindness도 많은 사랑을 받았어요. 일본풍의 음악에 큰 거리낌이 없다면 Summer와 함께 Mad Summer도 한번 감상해 보시기 바랍니다. 마사오가 아저씨와 친구들과 보낸 잊지 못할 여름방학을 추억하며 나오는 음악인데요. 영화와는 Summer 보다 Mad Summer가 더 잘 어울렸던 것 같습니다. 이 곡이 마음에 와닿으셨다면 히사이시 조가 음악을 맡았던 〈마녀 배달부 키키〉(魔女の宅急便, 1989) 중에서 **바다가 보이는 마을**(海の見える 街; A Town with an Ocean View, 1989)도 감상해 보세요.

힘차게 울어대던 매미들의 울음소리가 어느샌가 잦아들 때가 되면, 여름 내내 땀을 흘리게 만들었던 습도가 낮아지기 시작합니다. 그리고 무더위도 서서히 가시면서 낮에도 전과 다른 제법 쾌적한 느낌이 듭니다. 그렇게 가을이 찾아오면 하늘은 높아지고, 저녁에는 선선한 바람이 불어와요. 가을의 큰 이벤트인 추석마저 지나가면 어느덧 시원했던 바람도 조금씩 서늘하게 느껴집니다.

여름을 더욱 푸르게 해줬던 초록색 이파리도 점점 울긋불긋하게 물들어가면 우리 가까이에 있던 산과 가로수는 평소와는 달리 참 아름답게 보입니다. 그러면 여지없이 단풍 구경, 등산, 캠핑을 떠나는 분들이 많아집니다. 그런 이유에서인지 영화계는 사람들이 집안에 모이는 추석 명절 연휴를 제외하고는 대작을 개봉하는 경우가 별로 없는 것 같습니다.

가을이 더욱 깊어지면 울긋불긋했던 잎사귀들도 낙엽으로 변해서 산과 거리를 덮어갑니다. 아침이면 낙엽을 쓰는 빗자루 소리, 거리를 지날 때는 낙엽 밟는 소리가 들려옵니다. 그 소리마저 익숙해지면 슬슬 저녁이 길어지고 밤에는 달이 일찍 나타납니다. 가을이 거기까지 무르익으면 어김없이 라디오에선 영화 〈밤의 문〉(Les Portes de La Nuit, 1946)에 나왔던 고엽(Les Feuilles Mortes, 1946)이 흘러나오곤 했었는데요. 이제는 이 곡도 듣기 힘든 곡이 된 것 같습니다. 그럼 가을에 함께했던 영화음악을 만나러 가보겠습니다.

Hot Consuelo - Chuck Mangione

一分鐘英雄 - 成龍

Bossa Ghetti - 김현철

Change the World - Eric Clapton

One Fine Spring Day - 조성우

The Whole Nine Yards - 吉俣良

Time After Time - Tara Morice & Mark Williams

맛있는 세상 - 이하나

Winter Story - Remedios

산체스의 아이들 (Children of Sanchez, 1978)

미개봉, 미국, 멕시코

Hot Consuelo(1978)

척 맨지오니(Chuck Mangione)

 취업이란 정말 힘들고 어려운 과정입니다. 자라면서 부모님으로부터 '선생님 말씀 잘 듣고 공부 열심히 해야 한다'는 말을 많이 들었지만, 어렸을 때는 정확한 이유를 알 수 없었어요. 그냥 학생이니까 하는 이야기인 줄 알았거든요. 결국 좋은 직업을 가져서 사회의 일원으로 잘 살아갈 기반을 마련하길 바라는 조언인 줄은 성인이 되어서야 알게 되었습니다. 저도 여느 학생들과 마찬가지로 대학 졸업반이 되어 취업에 도전하기 시작했습니다. 쉽지 않을 거라고 어느 정도 예상은 했지만 연이어 고배를 마시니 답답하고 초조한 마음이 들었습니다. 그렇게 찬 바람이 슬쩍 불어오기 시작한 어느 늦가을, 한 은행에 입사 시험을 보러 갔어요. 그런데 시험장에 들어서니 척 맨지오니의 Feels So Good(1977)이 흘러나오는 게 아니겠어요? 신경에 거슬린다는 사람도 있었지만 저는 참 좋았습니다. 지원자들의 긴장을 풀어주기 위해 틀어준 거 같은데요. 지금도 Feels So Good이 우연히 들려오면 그때 생각이 나곤 합니다. 그래서 가을에 개봉한 영화음악에 그때를 떠올리며 이 곡을 넣어봤어요. 〈산체스의 아이들〉의 음악은 플루겔 혼(Flugelhorn)의 마법사 척 맨지오니가 맡았습니다. 그는 이 사운드트랙으로 그래미상을 받았어요.

산체스의 아이들은 미국의 문화 인류학자 오스카 루이스(Oscar Lewis)가 멕시코의 빈민촌 까사 그란데(Casa Grande)에 사는 가족을 인터뷰한 동명의 르포르타주(Reportage)를 원작으로 하고 있어요. 저자가 4년간 함께 생활하면서 취재한 결과물은 가난의 굴레에 관한 내용을 생생하게 묘사합니다. 무거운 짐을 지고 살아가는 아버지와 네 명의 자식들이 들려주는 삶의 이야기는 너무나 직설적이라 읽기 불편한 구석도 있지만, 오히려 몰입감을 좋게 만들어줍니다. 특히 가부장적인 옛날 스타일 아버지와 함께 사셨던 분들이라면 더욱 현실감 있게 다가오실 것 같아요. 제목이 '아이들'이라서 〈산체스네 아이들〉이 어린아이들일 것처럼 들리지만, 20대에서 30대에 걸친 성인 자녀들이 주인공이에요.

영화에는 지독한 가난에서 너무나 벗어나고 싶기에 점점 예민해지는 한 남자가 등장합니다. 그의 이름은 예수님과 같은 이름을 가진 헤수스 산체스(Jesús Sánchez). 이름은 멋지지만, 그의 행동은 그렇지 못합니다. 가난은 그의 성격을 거칠게 만들고 안 그래도 불같은 성격은 집에 들어오면 폭발하게 되죠. 그에게는 딸 둘, 아들 둘 이렇게 4명의 자녀가 있습니다. 물론 첫 번째 부인의 자녀만 그렇게 되고 다른 부인의 자녀들도 있어요. 첫 번째 부인이 먼저 세상을 떠나고 가장 나이가 많은 첫째 부인의 자녀들이 헤수스의 화를 늘 감당하게 됩니다. 그의 자녀 중에는 그런 지긋지긋한 집을 떠나버리고 싶은 셋째이면서 장녀가 되는 꼰수엘로가 있어요. 꼰수엘로의 외할머니는 그런 손녀의 마음을 잘 알기에 좋은 남자를 만나서 이 집을 어서 떠나라고 얘기합니다. 결국 꼰수엘로는 가출을 감행하고, 다른 아이들까지 집을 나가고 맙니다. 세월이 흘러 헤수스도 마침내 땅을 사서 집을 짓고, 가출한 자식들을 다시 집으로 부릅니다. 아버지의 부름에 세 명의 자녀가 집으로 돌아왔지만 꼰수엘로는 돌아오지 않았어요. 그리고 오빠 로베르또의 결혼식 날 헤수스의 눈앞에는 갖은 고생 끝에 승무원이 된 꼰수엘로가 나타납니다. 하지만 헤수스는 반가운 인사 대신 다 큰 자녀들에게도 욕설과 손찌검을 서슴지 않는 불같은 성격을 또 한 번 큰딸에게 쏟아 놓습니다.

영화는 점점 무거워지는 어깨를 일으키며 가족을 가난에서 벗어나게 해 주고픈 가장을 연기한 안소니 퀸(Anthony Quinn)의 진한 연기와 그렇게 살 수밖에 없었던 아버지를 시간이 지나면서 이해하게 되는 자녀들의 모습을 그리고 있습니다. 〈노틀담의 꼽추〉(The Hunchback Of Notre Dame, 1957), 〈길〉(La Strada, 1957), 〈25시〉(La Vingt-Cinquieme Heure, 1967), 〈사막의 라이온〉(Lion Of The Desert, 1981)등 대작에서 선 굵은 연기를 보여준 명배우 안

소니 퀸은 눈빛으로 이미 관객을 압도하며 명성에 걸맞는 연기를 보여줍니다.

 음악을 맡은 척 맨지오니는 자기 삶을 온몸으로 부딪쳐 당차게 살아가는 꼰수엘로에게 두 곡의 스코어를 남겼는데요. 그중에서 Hot Consuelo를 소개해 드립니다. 가출한 꼰수엘로는 외할머니의 바람과는 달리 결혼 사실을 숨긴 유부남을 알게 되어 큰 상처를 받게 되고, 그 일 이후 여자로서 자존심을 내려놓고 낮에는 공부를, 밤에는 유흥업소에서 일하며 승무원의 꿈을 키워 갑니다. 결국 꿈을 이루고 집에 돌아와 아버지 헤수스와 한바탕 크게 다툰 후 이야기합니다. "아버지, 저를 사랑하시나요?"

 Hot Consuelo는 네 명의 자녀 중 아버지의 성격과 제일 많이 닮은 꼰수엘로의 치열한 삶과 참 잘 어울리는 곡인데요. 이 곡이 마음에 와닿으셨다면 메인테마 Children of Sanchez도 함께 감상해 보세요. 가사가 있는 버전도 있지만, 영화에도 자주 나온 연주곡 버전이 더 멋있습니다. 제 또래인 분들이 이 곡을 들으면 오프닝만으로 당시 어린이들의 마음을 흔들었던 애니메이션 〈비디오 레인져 007〉(1984)을 떠올리실 수도 있는데요.

Children of Sanchez가 애니메이션 메인테마의 일부로 쓰였기 때문입니다. 척 맨지오니는 1980년 자국에서 열린 레이크 플래시드(Lake Placid) 동계올림픽의 음악도 작곡했는데요. 주제곡으로 쓰인 Give It All You Got도 함께 감상해 보세요. 또, 동계올림픽 주제곡 하면 빼놓을 수 없는 곡이 있어요. 1988년 캐나다 캘거리(Calgary) 동계올림픽의 주제곡인 데이빗 포스터의 Winter Games도 꼭 한번 감상해 보세요.

성룡의 썬더볼트 (霹靂火, 1995)

1995년 9월 8일 개봉, 홍콩

一分鐘英雄(1995)

성룡(成龍)

   1995년 9월 8일은 추석 연휴의 첫날이었고 어김없이 성룡은 관객들을 찾아왔습니다. 2000년 이전에는 명절 하면 성룡이었거든요. 그리고 성룡 하면 코믹액션을 빼놓을 수가 없잖아요? 대역 없이 몸을 사리지 않는 액션과 그의 코믹연기는 당시 관객들이 참 좋아했었습니다.

   성룡은 할리우드에도 진출하면서 더욱 세계적인 스타가 되었습니다. 하지만 평범하지 않았던 사생활이 알려지고 2020년대부터는 정치적인 행보도 시작하면서 제 생각과는 다른 노년의 길을 걷고 있어요. 1980년대 여러 작품이 크게 흥행하면서 많은 이익을 거두었기에 1990년대 들어서는 조금 더 본인이 하고 싶은 영화를 만들기 시작합니다. 〈성룡의 썬더볼트〉가 그 정점에 있는 영화가 아니었나 싶어요. 카레이싱 마니아인 성룡은 그동안 보여주고 싶었던 자동차 추격전과 대규모 차량 폭파 장면을 담았고 거기에 관객들이 기대하는 몸으로 부딪치는 액션도 함께 넣어놨어요. 성룡 영화에 오랜 시간 후원을 맡았던 미쯔비시 자동차(三菱自動車)는 이 작품에서 노골적으로 대규모 물량 투입을 했기에 우리 관객에게는 전범 기업과 그 제품이 많이 노출된다는 불편함은 좀 있는 작품이에요. 하지만 납치된 여동생들을 구하기 위한 자동차경주 장면과 검증된 성룡의 액션 원맨쇼가 기억에 많이 나는 작품입니다.

 사운드트랙은 재일교포 2세 작곡가 양방언(梁邦彦)이 맡았습니다. 내한 공연을 여러 번 할 만큼 꾸준한 사랑을 받은 피아니스트이기도 한데요. 그는 음악을 반대하는 부모님의 뜻을 따라 의대에 입학한 수재이기도 합니다. 니혼의과대학(日本醫科大學)

에 진학하여 일본에서 의사까지 됐지만 결국 의사의 길을 접고 음악가의 길을 걸었어요. 대단하죠? 이후 일본에서 영화, 게임, 애니메이션 음악 작품을 이어갔고, 2002년 부산 아시안게임의 주제곡을 만들기도 했고, 2018년 평창 동계올림픽 음악 감독으로 활약하기도 했어요. 〈썬더볼트〉에서는 박진감 넘치는 스코어와 함께 주제가 一分鐘英雄(일분종영웅)을 작곡했습니다. 오프닝에 등장하는 곡인데요. 자신의 꿈을 향해 달려가는 우리는 아주 잠깐 일지라도 모두 영웅이라는 가사의 신나는 곡이에요. 한어 버전과 광둥어 버전이 있는데요. 홍콩영화는 역시 광둥어로 들어야 맛이 더 사는 것 같습니다. 이 곡이 마음에 곡이 드셨다면 양방언 님이 작곡한 2002년 부산 아시안게임의 주제곡 Frontier를 감상해 보세요.

시월애 (A Love Story, 2000)
2000년 9월 9일 개봉, 한국

Bossa Ghetti(2000)
김현철

자기관리에 철저한 분들 중엔 나이가 가늠이 안 되는 분들이 있습니다. 이미지가 중요하고 여러 모습을 연기해야 하는 배우라는 직업을 가진 분 중에는 그런 분들이 특히 더 많죠. 2000년에 개봉한 시월애는 당시 청춘스타 이정재, 전지현 님이 주연을 맡았어요. 지금 봐도 여전히 잘 생기고 예쁜 배우인데다 꾸준한 활동을 이어가고 있어서 자기관리가 대단한 분들이라는 생각이 듭니다. 2000년에 찍은 제 사진과 오늘 거울에 비친 제 모습을 비교해 보면 더욱 그 차이가 선명해지죠.

이 작품은 〈그대 안의 블루〉(1992)로 데뷔한 이현승 감독님의 세 번째 작품입니다. 이야기도 재미있고 음악도 참 좋아서 이 작품을 할리우드에서 리메이크하기도 했습니다. 키아누 리브스(Keanu Reeves), 산드라 블록(Sandra Bullock)을 앞세운 〈레이크 하우스〉(The Lake House, 2006)가 바로 그 작품인데요. 우리나라 관객들은 원작을 보았기에, 국내에서는 원작을 넘는 사랑을 받지는 못했습니다. 20세기 최고의 한국 영화 주제가라고 할 수 있는 곡이 있는데요. 바로 **그대 안의 블루**(1992) 입니다. 이때 음악을 맡았던 김현철 프로듀서는 다시 한번 이현승 감독님과 작업하여 훌륭한 사운드트랙을 또 한 번 만들어 냅니다. 가수 겸 프로듀서 김현철 님은 1989년에 발표한 1집 **춘천 가는 기차**로 1990년대 초반에도 이미 인지도 있는 가수였지만 1992년 그대 안의 블루 사운드트랙을 성공시키면서 최고 스타로 발돋움합니다. 그런 좋은 기억 때문인지 두 번째로 맡은 이 작품에서도 Must Say Good-Bye 라는 주제가를 직접 부르기도 했습니다.

영화는 '시간을 뛰어넘는 사랑'(時越愛)이라는 제목처럼 현재를 사는 성현이라는 한 남자가 2년 뒤의 미래를 사는 은주라는 한 여자에게 편지를 받으면서 서로를 사랑하게 되는 동화 같은 이야기를 담고 있어요. 시간이라는 거대한 장벽을 넘나드는 애절한 사랑 이야기는 9월에 개봉한 만큼 당시 관객들의 가을 감성에 녹아들면서 영화도 음악도 호평받았습니다. 이 곡이 마음에 드셨다면 그대 안의 블루 사운드트랙에 실린 만남 Blue&Purple(1992)도 감상해 보시고, 김현철 님의 목소리가 듣고 싶어지셨다면 여전한 실력을 보여준 Drive(2019)도 함께 감상해 보세요.

페노메논 (Phenomenon, 1996)
1996년 9월 21일 개봉, 미국

Change the World(1996)
에릭 클랩튼(Eric Clapton)

 이야기가 좋아 이 작품을 기억하는 분들도 있고 저처럼 주제가가 좋아서 기억하고 계시는 분들도 있으리라 생각합니다. 에릭 클랩튼 하면 기타의 신(Clapton is God)으로 많이 불리고 있죠. 기타연주자로서의 명성도 자자하지만 조금은 덤덤한 목소리로 부르는 그 노래 실력도 훌륭해서 많은 이로부터 꾸준한 사랑을 받아왔습니다. 에릭 클랩튼은 다른 기타리스트들이 그랬듯이 밴드로 음악 활동을 시작합니다. 그룹 크림(Cream), 블라인드

　　　　　　　　　　　　　　　내 MP3 속 영화음악

페이스(Blind Faith), 데릭 앤 더 도미노스(Derek and the Dominos)를 거쳐 솔로 활동으로 넘어갔어요.

에릭 클랩튼이 기타의 신이며 음악천재였을지는 모르지만 삶은 평탄하진 않았습니다. 비틀즈의 멤버이자 절친한 친구인 조지 해리슨의 아내, 모델 패티 보이드(Pattie Boyd)를 사랑하게 되면서 인생의 향로가 변하기 시작합니다. 조지 해리슨의 외도로 두 사람이 결별하자 그토록 원했던 친구의 아내와 결혼하게 됩니다. 하지만 이상하게도 결혼생활이 만족스럽지 못했는지 알콜, 마약, 가정폭력에 빠지게 되고 거기에다 이탈리아 모델 로리 델 산토(Lory Del Santo)와 아이를 낳기도 하니 정말 순탄치 않은 가정사를 만들어 갑니다. 예나 지금이나 가정이 편안해야 모든 일을 할 수 있는 법이죠. 결국 9년 만에 패티 보이드와의 결혼생활은 끝이 나고 맙니다. 그리곤 약물, 알콜 중독에서 벗어나기 위해 큰 노력의 시간을 보내야만 했습니다.

에릭 클랩튼이 부른 Wonderful Tonight(1977), Give Me Strength(1974)는 우리나라에서 참 많은 사랑을 받았습니다. 그리고 이 곡 Change the World도 큰 사랑을 받았는데요. 미국의 유명 프로듀서 베이비페이스(활동명 Babyface, 본명 Kenneth Brian Edmonds)가 맡은 곡이에요. 이 곡으로 에릭 클랩튼은 1997년 그래미 시상식에서 3개 부문을 수상했습니다.

But for now I find It's only in my dreams

하지만 나는 이제 알아요 그건 그저 나의 소원이라는 걸요

That I can change the world I would be the sunlight

in your universe

세상을 바꿀 수 있다는 꿈이죠

내가 당신이라는 우주에서 빛이 되는 그런 꿈이요

좋은 곡들이 대부분 마찬가지지만 이 곡도 처음 들려오는 기타 연주만 들어도 좋은 곡임을 알 수 있습니다. 에릭 클랩튼의 영화음악이 더 듣고 싶어지셨다면 음악만 남은 영화 〈러쉬〉(Rush, 1991)의 주제가 Tears In Heaven(1991)을 들어보세요. 정말 유명한 곡이죠? 이 노래에는 사연이 있는데요. 로리 델 산토 사이에서 낳은 아들이 아파트 추락사를 당하는 사고를 겪게 되고 그 슬픔을 노래로 만든 곡입니다. 에릭 클랩튼은 이 노래를 부를 때 아들 생각이 많이 나서 부르기가 힘들다고 이야기했었어요. 그래서인지 이 곡을 라이브로 부른 지는 꽤 오래되었습니다. 아마 앞으로도 라이브로 듣기는 힘들 것 같습니다.

봄날은 간다 (One Fine Spring Day, 2001))

2001년 9월 28일 개봉, 한국

One Fine Spring Day(2001)

조성우

　사람은 나이가 어려도 분명 사랑을 알고 있다고 생각해요. 농도와 채도가 다를 뿐 사람은 사랑을 이미 아기 때부터 알고 있다고 생각하거든요. 사랑에도 여러 종류가 있지만, 대중문화에서 가장 많이 다루는 사랑은 남녀 간의 사랑이지 않나 싶습니다. 그리고 그중 많은 이에게 가장 기억에 남는 한국 멜로 영화를 꼽아보라고 하면 아마 〈봄날은 간다〉가 상위권에 들어있지 않을까 생각해요.

　　　　　　　　　　　　　　　　　　　　내 MP3 속 영화음악

1990년대 '산소 같은 여자'라는 수식어를 달고 다니던 여배우가 있었습니다. 지금도 그분에겐 산소가 남아 있다고 쓴 기사를 본 적이 있는데요. TV 광고에서의 여전한 모습을 보면 틀린 말이 아님을 알 수 있어요. 앞서 〈시월애〉의 음악을 알아봤는데요. 〈시월애〉가 개봉한 2000년에는 시간을 거스른 사랑을 다룬 영화가 또 있었습니다. 2000년 5월에 개봉한 〈동감〉이 그 작품인데요. 거기서 주연을 맡은 훤칠한 키를 가진 남주인공이 큰 사랑을 받았고 이듬해 〈봄날은 간다〉에서 다시 등장해서 참 많은 사랑을 받았습니다. 남성들이 한 번쯤 꿈꿔봤을 아름다운 눈망울에 고운 목소리를 가진 여자. 그리고 여성들이 상상해봤을 법한 미소년 얼굴에 어깨를 내어줄 만한 큰 키를 가진 남자. 두 남녀의 사랑 이야기는 당시 관객들에게 공감을 불러일으켰고 〈봄날은 간다〉는 그해 청룡영화상 작품상을 받기도 했어요.

영화도 좋았지만 역시 좋은 음악이 있었기에 많은 사람들이 이 영화를 오랫동안 기억하는 게 아닌가 싶습니다. 이게 바로 음악이 주는 힘이겠죠. 소개해 드리는 곡은 메인테마인 One Fine Spring Day입니다. 영화의 제목은 〈봄날은 간다〉지만 영어 제목은 원제와 반대인 〈어느 멋진 봄날〉이에요. 두 제목 모두 영화의 느낌과 참 잘 어울리죠? 영화의 연출을 맡은 허진호 감독님과 〈8월의 크리스마스〉(1998)에서 함께 작업했던 조성우 음악감독님은 2001년에 다시 한번 만났습니다. 특히 이 곡에는 우리나라에서 손꼽는 아코디어니스트 심성락 님의 연주를 들을 수 있는데요. 조성우 님의 감성과 멋진 연주가 더해지면서 귀로 들어오는 바람 소리를 마음으로 들어오게 만드는 좋은 곡입니다. 조성우 님은 〈꽃 피는 봄이 오면〉(2004), 〈만추〉(2011), 〈덕혜옹주〉(2016), 〈천문: 하늘에 묻는다〉(2019) 등을 통해 꾸준하게 극장을 찾는 관객들에게 감성적인 음악을 들려준 감독님이세요. 그리고 〈봄날은 간다〉 하면 주제가를 빼놓을 수 없겠죠? 김윤아 님의 목소리가 오랫동안 귀에 머무는 봄날은 간다(2001), 이 곡도 함께 감상해 보세요.

냉정과 열정사이 (冷靜と情熱のあいだ, 2001)
2003년 10월 10일 개봉, 일본

The Whole Nine Yards(2001)
요시마타 료(よしまた りょう)

　제가 어렸을 때는 한자가 참 많이 사용되었습니다. 신문에도 책에도 한자가 많았고 은행에서 돈을 찾을 때도 온라인이 구축되지 않아서 인출하고 싶은 금액을 은행에 있는 종이 양식에 한자로 많이 썼었습니다. 그리고 가차(假借)라고 해서 외래어를 비슷한 음이 나는 한자로 쓰는 표현이 꽤 있었습니다. 프랑스는 불란서(佛蘭西), 스페인은 서반아(西班牙), 이탈리아는 이태리(伊太利)…. 이런 식으로요. 물론 지금도 많이 사용되고 있지만요.

그리고 중국에서 온 표현도 있었습니다. 독일과 프랑스를 한 번에 일컬어서 법덕(法德)이라 하고 인도네시아를 인니(印尼)라고 부르는 경우가 있었습니다. 구라파(歐羅巴)라는 단어도 마찬가집니다. 유럽이라는 뜻인데요. 구라파라는 단어는 이제 쓰는 분이 거의 없지만, 동유럽을 동구권(東歐圈), 서유럽을 서구권(西歐圈), 유럽과 미대륙을 묶어서 구미(歐美)라고 부르는 말은 지금도 남아 있는 것 같아요.

유럽 여행을 가고 싶게 만드는 대표적인 작품, 〈냉정과 열정 사이〉를 이야기하려다 보니 재밌는 단어들이 먼저 떠올라 전혀 상관없는 이야기를 꺼내 보았네요. 이 작품은 1999년에 출간된 동명의 소설을 원작으로 하고 있습니다. 원작은 독특한 구성으로 되어 있는데요. 여작가인 에쿠니 가오리(江國香織)는 여주인공 아오이의 관점에서, 그리고 남작가인 츠지 히토나리(辻仁成)는 남주인공 준세이의 관점에서 서로를 향한 열정 그리고 냉정을 표현한 작품입니다. 같은 이야기를 다른 관점에서 접근한다는 건 정말 재밌는 설정입니다. 원작은 에쿠니 가오리가 쓴 《Rosso》, 츠지 히토노리가 쓴 《Blu》 이렇게 두 권으로 되어 있어요.

이 작품은 대학 시절 연인이었던 두 주인공이 헤어진 뒤 10년 만에 이탈리아에서 재회하는 모습을 감성적으로 담은 영화입니다. 영원의 주제인 로맨스의 애절함을 이탈리아 밀라노, 피렌체의 아름다움에 제대로 녹여냈기에 오랜 시간 많은 이들이 기억하는 작품이 되었습니다. 물론 이런 류의 영화들에는 안타까운 존재들이 있습니다. 주인공들의 로맨스로 인해서 주인공과 교제 중인 현재 연인들은 아픔을 겪게 됩니다. 슬픈 사연이 숨어 있는 셈이지요.

주연은 일본의 미남 배우 다케노우치 유타카(竹野内豊)와 홍콩 출신의 진혜림(陳慧琳)이 맡았습니다. 일본어로 연기를 하기에 원어민이 아닌 진혜림은 원작과는 다른 중국계 혼혈이라는 설정이 들어갔어요. 다케노우치 유타카는 중저음에 와일드한 모습을 가진 데다 잘생긴 외모까지 더해져 당시 팬층이 두터웠습니다. 고양이상 미녀 배우 진혜림도 미남 스타 곽부성(郭富城)과 함께 〈선락표표〉(仙樂飄飄, 1995), 〈친니친니〉(親你親你, 1998), 〈소친친〉(小親親, 2000)에서 로맨스 연기 내공을 키워왔지만, 진혜림의 캐스팅에 의문을 품었던 분들도 꽤 있었습니다. 아름다운 배경, 전성기 시절의 두 배우의 멋진 모습 그리고 늘 그렇듯 아름다운 음악을 느낄 수 있는 작품이에요.

음악은 일본의 작곡가 요시마타 료(吉俣良)가 맡았습니다. 이 사운드트랙이 우리나라 관객들의 마음을 파고들면서 당시 유행이었던 미니홈페이지 배경음악으로 많이 사용되었어요. 그래서 요시마타 료의 이름은 몰라도 소개해 드리는 The Whole Nine Yards는 많이 분들의 귀에 익숙한 곡이 되었습니다. 요시마타 료는 2016년에 방영한 우리나라 드라마 〈푸른 바다의 전설〉의 음악을 맡기도 했었는데요. 이 곡이 마음에 와닿으셨다면 그중에서 Sound Of Ocean(2016)도 함께 감상해 보세요.

댄싱 히어로 (Strictly Ballroom, 1992)

1992년 10월 31일 개봉, 호주

Time After Time(1984)

타라 모리스(Tara Morice) & 마크 윌리엄스(Mark Williams)

전에는 볼룸댄스라고 하면 사교댄스라는 별칭이 있기 때문인지 어감이 좋지 않게 들렸습니다. 하지만 이 영화를 보고, 제가 뭔가 잘못 생각하고 있음을 깨닫게 되었어요. 호주의 영화감독 바즈 루어만(Baz Luhrmann) 감독이 연출한 이 작품은 1984년에 발표한 동명의 연극을 원작으로 하고 있습니다. 연극이 호평받자 연극의 이야기에 화려한 볼거리를 더해서 영화로 만든 것입니다. 바즈 루어만 감독은 이 영화 이후 할리우드에도 진출하여

1996년 〈로미오와 줄리엣〉(Romeo+Juliet), 2001년 〈물랑 루즈〉 (Moulin Rouge), 2013년 〈위대한 개츠비〉(The Great Gatsby) 등 우리에게도 친숙한 영화를 여러 편 만들었어요. 그의 작품들 면면을 보면 아시겠지만, 바즈 루어만의 작품에는 늘 화려한 영상미가 있었어요. 선명한 색감과 역동적인 연출. 그의 데뷔작인 이 작품에도 역시나 그의 장기가 담겼고 대중들도 이에 호응하여 큰 성공을 거두었습니다.

 이야기는 단순하지만, 재미있습니다. 허리 아래로만 춤을 추게 되어 있는 볼룸댄스 규정을 어겨 협회의 징계를 받은 남주인공 스콧은 파트너까지 함께 징계받은 바람에 더 이상 춤을 출 수 없게 됩니다. 그런 그에게 범태평양 댄스대회 소식이 전해져요. 이단아로 낙인 받아 파트너 구하기가 어려워진 스콧에게 초보 댄서 프랜이 나타나고 스콧의 지도와 피나는 연습을 거쳐 둘은 경연에 나설 수 있게 됩니다. 스콧과 프랜, 두 사람이 서로에게 용기와 사랑을 주며 연습하는 장면, 그리고 하이라이트인 범태평양 댄스 경연에 많은 시간이 할애 되어 있어서 지루할 틈을 주지 않습니다. 주연을 맡은 두 배우인 호주 출신의 폴 메르

쿠리오(Paul Mercurio)와 타라 모리스(Tara Morice) 역시 무용을 전공한 배우들이기에 어려운 춤 연기도 멋지게 소화해 냅니다. 특히 타라 모리스는 춤뿐만 아니라 노래도 잘해서, 뉴질랜드 출신의 가수 마크 윌리엄스와 함께 Time After Time을 불렀습니다.

Time After Time은 리메이크 곡인데요. 원곡은 1984년에 신디 로퍼(Cyndi Lauper)가 발표한 곡입니다. 댄스곡 위주로 큰 사랑을 받았던 신디 로퍼는 강렬한 퍼포먼스 때문에 가창력이 묻히는 느낌이 있는데요. 이 곡에서 가창력을 제대로 보여줬고 결국 빌보드 핫100 차트 정상에 올랐어요. 신디 로퍼의 원곡과 비교해서 들어보는 것도 재미있을 것 같은데요. 개인적으로는 두 사람의 곡이 원곡을 넘어서는 것 같아요.

Lying in my bed, I hear the clock tick and think of you
침대에 누워, 째깍째깍 시계 소리를 듣다 당신 생각을 해요
Caught up in circles Confusion is nothing new
일상에 매여 지나다 보니 혼란함도 새롭지가 않아요
Flashback, warm nights almost left behind

따뜻했던 밤의 기억은 거의 사라지고

Suitcase of memories

추억이 담긴 가방만 남았네요

식객 (Le Grand Chef, 2007)

2007년 11월 1일 개봉, 한국

맛있는 세상(2007)

이하나

   과거에 식객(食客)이라는 단어는 그렇게 좋은 어감은 아니었습니다. 아주 오래전에는 대감님들 집에 얹혀살면서 글공부 선생님 역할을 하는 사람을 가리키기도 했지만, 세월이 지나면서 별로 하는 것 없이 밥만 축내는 사람을 부를 때 쓰기도 했었기 때문이에요. 하지만, 2002년부터 2010년까지 무려 8년간 동아일보에 연재된 허영만 화백의 만화《식객》이 많은 사랑을 받으면서 어감이 조금씩 달라지기 시작했습니다. 맛집을 섭렵하고 다니는 고수 식도락가의 느낌이랄까요? 만화 《식객》은 단행본으로는 스물일곱 권이 될 만큼 엄청난 분량의 장편 만화지만 순서대로 읽지 않아도 재미있는 책입니다. 일본에는 요리에 관련된 만화책이 다수 있어서 우리나라에서도 인기를 얻은 작품들이 꽤 있는데요. 원작자인 허영만 화백은 이를 안타깝게 생각해서 《식객》을 기획했다고 해요.

허 화백님은 1974년 집을 찾아서로 만화가로 데뷔하여 많은 작품을 남겼는데요. 그중에는 영화나 드라마로 만들어진 작품이 꽤 됩니다. 《각시탈》(1975), 《아스팔트 사나이》(1992), 《미스터 큐》(1993)는 드라마로 만들어졌고, 《제7 구단》(1985), 《비트》(1994), 《타짜》(1999), 그리고 《식객》이 영화로 만들어졌어요. 공감을 이끄는 이야기와 오랜 세월 보며 친근해진 허영만 화백의 화풍이 영화감독들에게 영상으로 옮기고 싶게 만드는 원동력을 제공했던 것 같습니다.

영화 식객은 원작의 내용을 그대로 따르지 않고, 어느 정도만 빌려와서 이야기를 만들어 갑니다. 미남 배우 김강우와 지금은 코믹 이미지가 더 강해진 임원희 배우가 주연을 맡았고, 조연으로 이하나 배우가 함께했습니다. 영화는 순종 황제의 수라를 맡았던 대령숙수의 칼이 발견되면서 이를 차지하기 위해 벌이는 두 요리사의 대결을 그리고 있습니다.

주제가 맛있는 세상은 사운드트랙을 맡은 황상준 음악 감독님이 작곡했고 노래는 영화에 출연했던 이하나 배우가 직접 불렀어요. 황상준 음악 감독님은 〈해적 : 바다로 간 산적〉(2014), 〈공조〉(2016), 〈특송〉(2020) 등의 영화를 통해 꾸준히 관객들을 만나온 음악가입니다. 이하나 배우는 대학에서 생활 음악을 전공했고, 부모님 두 분 모두 음악인이라 그런지 상당한 가창력을 보여줍니다.

매일 똑같나요? 좀 지겹나요? 그대 하루

그래서 그대 곁에 나라는 사람이 찾아온 거죠

항상 내 맘대로 늘 새롭게만 살 순 없지만

좀 더 멋진 내일을 둘이서 만들어 봐요

이 곡이 마음에 와닿으셨다면 영화 〈페어 러브〉(Fair Love, 2010) 중에서 이하나 배우가 부른 Fallen(2010)도 감상해 보세요.

러브레터 (ラブレター, 1995))

1999년 11월 20일 개봉, 일본

Winter Story(1995)

레메디오스(Remedios)

학창 시절 서로 똑같은 이름을 가진 친구들이 같은 반에 있었던 경험이 한 번쯤 있으실 거예요. 이름과 성까지 완전히 똑같은 친구들은 선생님이 이름 뒤에 A, B를 붙이든가 1, 2를 붙여서 출석을 부르곤 했었습니다. 그게 아니면 성은 달라도 이름이 똑같은 친구들은 더 자주 만날 수 있었어요. 동명이인이 나오는 영화를 생각하면 저는 〈러브레터〉만 딱 떠오릅니다.

새로운 천년에 대한 기대감과 지나갈 1990년대의 공허함이 교차한 1999년, 이와이 순지(岩井俊二) 감독의 〈러브레터〉가 개봉했습니다. 1999년 지구가 멸망할 것이라는 노스트라다무스(Nostradamus)의 예언이 틀렸음을 직접 느낀 사람들은 또 다른 공포의 소문을 듣게 되는데요. 세상 모든 컴퓨터가 1900년과 2000년 뒷자리 00년을 제대로 인식하지 못해서 처리오류가 발생할 것이라는 이야기였어요. 그것을 'Y2K 바이러스'라고 불렀는데요. 그 때문에 세상 전산시스템이 마비될 것이라고 해서 모든 기업과 정부 기관들이 초비상에 걸렸습니다. 1999년 12월 31일 새천년의 기대감에 거리로 나온 사람들도 많았지만, 자정이 되면 세상이 마비될까 봐 밤샘 근무를 하는 사람들도 여럿 있었습니다. 하지만 이 역시 노스트라다무스의 예언처럼 끝나고 말았지만요.

소설가면서 영화감독이기도 한 이와이 순지 감독은 감성 로맨스 장르 연출에 탁월한 재능을 가지고 있는 것 같습니다. 〈4월 이야기〉(四月物語, 1998), 〈하나와 앨리스〉(花とアリス, 2004) 등 이와이 순지 감성의 로맨스 영화가 개봉하면서 우리 나라에도 많은 사랑을 받았습니다. 영화의 배경이 일본 홋카이도이기 때

문에 눈이 많이 등장해서 겨울과 참 잘 어울리는 영화입니다. 저는 〈러브레터〉를 생각하면 3가지가 떠오르는데요. 먼저 말씀드린 대로 '동명이인', '홋카이도의 눈', 그리고 마르셀 프루스트(Marcel Proust)의 장편 소설 《잃어버린 시간을 찾아서》(A La Recherche Du Temps Perdu, 1913~1927)입니다. 저 말고도 이 영화를 보고 《잃어버린 시간을 찾아서》 완독에 도전해 보신 분들이 있으실 것으로 알고 있는데요. 영화의 남주인공 후지이 이츠키가 같은 반 여학생 후지이 이츠키를 생각하면서 도서관에서 빌린 책이었기 때문입니다. 영화를 보고 그 인상이 참 강하게 남아서, 뭣 모르고 도전해 봤지만 일곱 권이나 되는 양과 다소 지루하게 진행되는 내용 때문에 완독의 꿈은 결국 2권에서 멈췄고, 좌절의 쓴맛을 보고 말았습니다. 다시 완독에 도전할 수 있을지도 잘 모르겠어요.

일본의 싱어송라이터 호리카와 레이미(堀川麗美)는 영화음악, 광고음악을 맡기도 했는데요. 그럴 때는 레미 혹은 레메디오스라는 활동명으로 활약했습니다. 레메디오스는 〈러브레터〉 사운드트랙을 안에 숨을 내쉬면 하얀 입김이 나올 것 같은 음악을 많이 실어 놨습니다. Winter Story는 초겨울이 되면 지금까지도 방송에 나올 만큼 사랑받고 있는 곡입니다. 이 곡이 마음에 와닿으셨다면 같은 사운드트랙 중에서 Flow In the Wind, Childhood Days도 함께 감상해 보세요. Winter Story와는 또 다른 아련함을 느끼실 수 있으실 거예요.

겨울 winter
12, 1, 그리고 2월에 개봉한 영화음악 이야기

가녀리게 매달려 있던 색 바랜 나뭇잎들도 다 떨어져, 나무에는 앙상한 가지만 남을 때가 찾아옵니다. 그러면 어김없이 찬 바람이 불고 집안 어딘가 잘 보관해 두었던 두꺼운 겨울옷들을 꺼내기 시작하죠. 입으로 숨을 내쉬면 하얗게 입김이 날 만큼 기온이 내려가면 장갑과 목도리도 찾게 됩니다. 몸을 따뜻하게 해줄 난로나 온돌은 오래전부터 우리와 함께 있었지만, 이용하려면 석탄, 가스, 석유와 같은 비싼 에너지원이 필요했기에 겨울은 언제나 힘든 계절이었습니다. 그래서 인생의 가장 어려운 시간을 겨울에 비유하는 경우가 참 많이 있습니다. 춥기에 더욱 길게 느껴지는 겨울.

이렇게 힘든 기간이지만 나름의 낭만도 있는 계절이 겨울입니다. 새해를 맞이하는 설이 있는 계절이기도 하고, 예수님의 탄생을 기념하는 성탄절, 마음에 담아두었던 그 사람에게 초콜릿을 전하는 발렌타인 데이도 겨울에 있습니다. 그리고 추위도 피하고 여가를 재미있게 보내기도 좋기에 겨울에는 극장을 찾는 사람들이 더 많은 시기이기도 합니다. 설 연휴와 겨울방학이 있는 겨울에는 대작이 많이 개봉합니다. 영화 개봉 편 수가 많아서 그런지 겨울에는 좋은 음악도 많이 나왔어요.

저는 겨울이라고 하면 떠오르는 그림이 있습니다. 어릴 때는 자주 봤던 고드름과 군고구마를 굽는 드럼통, 찬 바람 불면 어김없이 동네 구멍가게 앞에 세워져 있던 호빵 찌는 기계, 그리고 연통 사이를 통해 나오는 하얀 연기가 기억이 납니다. 그런 풍경들이 눈앞에 보이면 '아. 이제 진짜 겨울이 왔구나' 하는 생각이 들었어요. 올겨울은 어찌 지내나…. 그리고 나의 삶의 겨울은 언제나 끝나려나…. 하는 생각은 누구나 한 번쯤 해보았을 것 같습니다. 그럼 이제 겨울에 우리를 찾아왔던 영화음악을 만나러 가보겠습니다.

Mambo Caliente - Arturo Sandoval

Maestro - Hans Zimmer

Have Yourself A Merry Little Christmas - Kenny G

Enter the Dragon - Lalo Schifrin

When I Fall In Love - Celine Dion & Clive Griffin

The Dream - Jerry Goldsmith

Monster, Inc - Randy Newman

Spirit of the Season - Alan Silvestri

꿈꾸는 광대 - 이병우

Concerning Hobbits - Howard Shore

Die Another Day - Madonna

Love Theme - Lee Ritenour

Ain't No Mountains High Enough - Marvin Gaye & Tammi Terrell

Livin' In the Life - Isley Brothers

The Chase - DJ Pone

Moonlight - Sting

Somewhere Only We Know - Keane

Central Park, 6pm - Hans Zimmer

Alone In Kyoto - Air

Lose Yourself - Eminem

I Believe In You And Me - Whitney Houston

Dreamgirls - The Dreams

희재 - 성시경

맘보 킹 (The Mambo Kings, 1992)

미개봉, 미국

Mambo Caliente(1992)

아르투로 산도발(Arturo Sandoval)

이 작품은 쿠바계 미국 소설가 오스카 이후엘로스(Oscar Hijue-los)의 소설《The Mambo Kings Play Songs of Love》(1989)를 원작으로 하고 있습니다. 우리나라에는 번역서가 없어서 아쉽게도 원작 소설을 읽어보진 못했어요. 이후엘로스는 이 책으로 퓰리처상을 받았습니다. 영화가 재미있었던 것은 검증된 탄탄한 원작이 있었기 때문이지 않았을까 추측해봅니다.

맘보는 쿠바에서 출발한 음악입니다. 미국에서는 1950년대에

내 MP3 속 영화음악

많은 사랑을 받았고, 그때가 영화의 배경이 되고 있어요. 지금도 유효하긴 하지만 예전에는 아메리칸 드림이라는 말이 참 크게 다가왔습니다. 지금이야 미국에 간다고 하면 우리 아들, 우리 딸이 유학 갔다고 말하는 경우가 많지만 제가 어렸을 때는 가정이 통째로 이민 가거나, 홀로 미국으로 떠나 현지들이 하지 않는 험한 일도 마다하지 않고 가족을 위해 그리고 미래를 위해 일하러 가시는 분들이 많았습니다.

영화에 나오는 두 주인공 형제 세자르와 네스토르 역시 그랬습니다. 쿠바에서 미국으로 건너온 형제는 낮에는 땀 흘려 일하고, 밤에는 맘보 연주를 하면서 열심히 살아갑니다. 형제를 소재로 한 여느 영화들이 그동안 말해주었기에 보면서도 어느 정도 이야기의 흐름이 예상되었지만, 그것이 지루하지 않은 이유는 관객도 누군가의 형제이기 때문일 거예요. 당대 최고 인기배우였던 스페인 배우 안테니오 반데라스(Antonio Banderas)와 미국 배우 아맨드 아상테(Armand Assante)가 주연을 맡아서 애절한 연기와 멋진 퍼포먼스를 함께 보여줍니다. 음악은 주제가 Bella Maria De Mi Alma(영어명 : Beautiful Maria of My Soul)가 많은 사랑을 받았습니다. 동생이 첫사랑인 마리아를 잊지 못해 만든 곡인데요. 영화에서 형제가 같이, 그리고 형이 혼자 부르는 장면이 나옵니다. 참 멋진 곡이에요. 영어버전도 물론 좋지만 역시 맘보는 스페인어 버전으로 들어야 제맛이 더 사는 것 같습니다. 하지만 이 곡이 워낙 강하기 때문에 사운드트랙에 실린 연주곡이 좀 가려진 느낌이 있어요. 그래서 더욱 쿠바의 정상급 트럼펫터 아르투로 산도발의 Mambo Caliente를 소개해 드리려 해요.

아르투로 산도발은 초등학생 시절부터 쿠바에서 거리의 악사로 연주를 시작해서 어려운 가정환경을 극복하고 트럼펫으로 최고의 경지에 오른 연주자입니다. 그는 24살이 되어서 쿠바 국립예술학원에 입학하여 트럼펫을 정식으로 배웠고 쿠바 국립 올스타밴드의 멤버가 되어 세계적으로 이름을 알리기 시작합니다. 이후 쿠바에서 미국으로 건너간 후에도 왕성하게 활동하였고 그래미상과 에미상을 수상하며 미국에서도 큰 사랑을 받았습니다. 'Caliente'는 스페인어로 뜨겁다는 뜻인데요. 곡의 제목처럼 열정적인 맘보 리듬을 영화에 녹여 들려줍니다.

이 곡이 마음에 와닿으셨다면 미국의 싱어송라이터 프린스 로이스(Prince Royce)와 함께 작업한 Don't You Worry About a Thing(2018)도 꼭 한번 감상해 보세요. 젊은 아티스트의 목소리에 녹아드는 아르투로 산도발의 멋진 연주는 세대를 초월하는 리듬임을 보여주는 좋은 곡입니다.

로맨틱 홀리데이 (The Holiday, 2006)

2006년 12월 14일 개봉, 미국

Maestro(2006)

한스 짐머(Hans Zimmer)

겨울 하면 생각나는 영화들이 여러 편 있지만, 눈이 많이 등
장하지 않음에도 겨울과 잘 어울리는 영화가 바로 〈로맨틱 홀
리데이〉인 것 같습니다. 원제는 그냥 〈더 홀리데이〉입니다. 누
가 제목을 붙였는지 원제보다 우리 제목이 더 부드러운 것 같아
요. 영화에는 산타 아나(Santa Ana)라는 이름의 바람이 등장합니
다. 영화의 배경인 미국 캘리포니아주 서부에는 가을에 실제로
산타 아나라는 국지풍이 불어요. 영화에서는 소중한 인연을 이

어주는 전설의 바람으로 나오지만, 실제로는 고온 건조한 큰바람으로 산불의 원인이 되는 무서운 바람이기도 합니다. 우리나라에도 양구와 간성 사이를 지나는 바람이라 하여 '양간지풍'이라 부르는 국지풍이 있잖아요? 이 바람 때문에 봄에 산불이 생기면 더 커지곤 하는데요. 산타 아나도 이와 비슷한 바람이라고 생각하시면 될 것 같습니다.

미국에서 세상 부러울 것 없이 사는 영화 예고편 제작사 대표 아만다, 그리고 영국에서 웨딩 칼럼을 연재하는 작가 아이리스 두 사람은 공교롭게도 모두 연말에 남자친구와 헤어지면서 '성탄절을 어떻게 지낼까?'라는 같은 고민을 하게 돼요. 그러던 차에 서로 집을 바꾸어 2주 동안 생활하는 홈 익스체인지 휴가를 인터넷으로 확인하고 서로의 집으로 지원합니다. 영국에서 아담한 전원주택에 살고 있던 아이리스는 미국에 으리으리한 아만다의 집에 놀라고, 반대로 영국으로 온 아만다는 자기가 살던 도시와는 달리 자연과 함께하는 아기자기한 맛의 아이리스의 집에 반하게 되죠. 하지만 두 사람의 휴가에는 마음에 쏙 드는 숙소만 있던 것은 아니었어요. 산타 아나의 전설처럼 옆이 허전해진 그 두 사람에게 새로운 인연이 찾아온 것이죠.

성공한 미국의 커리어 우먼 아만다 역에는 카메론 디아즈 (Cameron Diaz), 영국의 웨딩 칼럼니스트 아이리스 역에는 케이트 윈슬렛(Kate Winslet), 그리고 그들의 연인으로 미남 배우 주드 로(Jude Law), 코미디 배우 잭 블랙(Jack Black)이 등장하여 잔잔하면서도 재미는 떨어지지 않는 로맨틱 코미디를 만들어 갑니다.

소개해 드리는 Maestro는 산타아나가 불어올 때 들려오는 음악인데요. 듣다 보면 실제로 요술 같은 바람이 불어오는 것만 같은 느낌이 드는 좋은 곡입니다. 음악은 독일 출신의 영화음악가 한스 짐머가 맡았어요. 한스 짐머 하면 박진감 넘치면서 웅장한 곡들이 먼저 떠오르지만, 부드러운 느낌의 곡도 참 잘 만드는 음악가입니다. 이 곡이 마음에 와닿으셨다면 같은 사운드트랙 중에서 경쾌한 느낌의 Dream Kitchen(2006)도 감상해 보세요. 영국에서 온 아이리스가 미국 저택에 사는 아만다의 집에 처음 들어가 집안 여기저기를 둘러보는데요. 그때 멋진 주방을 보며 놀랄 때 흘러나오는 곡입니다.

내 MP3 속 영화음악

34번가의 기적 (Miracle On 34th Street, 1994)
1994년 12월 17일 개봉, 미국

Have Yourself a Merry Little Christmas(1944)
케니 지(Kenny G)

성탄절마다 TV에서 자주 방영했던 작품들이 있습니다. 하지만 〈34번가의 기적〉은 성탄절에 보면 아주 좋은 가족영화임에도 불구하고 상대적으로 자주 볼 수 없는 작품이었어요. 이 작품은 1947년에 나온 동명의 영화를 리메이크한 작품입니다. 1947년 작품에는 〈이유 없는 반항〉(Rebel Without A Cause, 1958), 〈웨스트 사이드 스토리〉(West Side Story, 1967)로 큰 사랑을 받은 미녀 배우 나탈리 우드(Natalie Wood)가 출연하는데요. 주인공 수잔을 연기하는 귀여운 아역 시절 모습을 보실 수 있는 영화에요. 이 작품은 오래되었음에도 여전히 재미있는데요. 1994년 리메이크 작품도 원작의 이야기를 계승하여 현대적으로 잘 만들어 냈습니다.

말씀드린 대로 주인공은 수잔이라는 이름을 가진 어린이입니다. 엄마와 단둘이 사는 수잔은 산타클로스의 존재를 믿지 않는 아이예요. 어느 날 엄마가 일하는 백화점에 크리스라는 할아버지가 산타클로스로 일하기 시작합니다. 수잔은 따뜻하고 자상한 크리스를 보면서 어쩌면 산타할아버지는 진짜 있을지도 모른다는 생각이 들기 시작하죠. 그리고 수잔은 크리스에게 아무도 이루어 줄 수 없을 것만 같은 자신의 소원을 말해줍니다. 크리스를 좋아하는 아이들이 점점 많아지면서 자연히 백화점 매출도 늘어나기 시작합니다. 하지만, 이를 경계하던 경쟁 백화점에서는 반대로 매출이 줄어들면서 그 산타 할아버지는 가짜라고 소송을 내고 맙니다. 과연 산타 할아버지는 가짜일까요? 영화에서 산타 할아버지 크리스는 이렇게 이야기합니다. '믿음으로 내 존재를 받아들이지 못한다면 의심으로 가득한 인생을 살게 될 뿐이에요.'라고 말이죠.

산타 할아버지역에는 앞서 만났던 〈쥬라기 공원〉에서 손주들에게 공룡테마파크를 만들어줬던 인자한 얼굴의 할아버지 리차드 아텐보로가 맡았습니다. 실제인지 연기인지 구분할 수는 없으나 그 푸근한 인상이 얼마나 좋은지 아이뿐만 아니라 어른들도 인생 상담을 하고 싶게 만드는 얼굴입니다. 그리고 산타클로스를 믿지 않는 수잔 역에는 〈미세스 다웃 파이어〉(Mrs. Doubtfire, 1994), 〈마틸다〉(Matilda, 1997)에서 깜찍한 모습을 보여줬던 마라 윌슨(Mara Wilson)이 맡았어요. 단발머리에 귀여운 얼굴을 기억하시는 분들이 많으실 텐데요. 안타깝게도 마틸다 촬영을 마치고 어머니가 유방암으로 돌아가시게 됩니다. 이에 큰 충격을 받아서 이후 배우 활동에는 이력이 없고 지금은 작가로 살아가고 있다고 해요.

사운드트랙에는 1944년에 발표한 뮤지컬 영화 〈세인트루이스에서 만나요〉(Meet Me in St. Louis)에서 주디 갈란드(Judy Garland)가 불렀던 Have Yourself a Merry Little Christmas가 들어가 있는데요. 영화에는 색소포니스트 케니 지가 연주한 버전이 실려 있어요. 정말 아름다운 곡을 더욱 멋지게 연주해서 사운드트랙에 실어 놨습니다. 이 곡이 마음에 와닿으셨다면 케니 지가 영화에 남긴 숨은 명곡인 〈보디가드〉(The Bodyguard, 1992) 중에서 Waiting For You(1992)도 감상해 보세요. 들어보시면 케니 지의 감성적인 연주가 휘트니 휴스턴의 명곡들에 밀리지 않음을 아실 수 있을 거예요.

용쟁호투 (龍爭虎鬪, 1973)

1973년 12월 18일 개봉, 홍콩, 미국

Enter the Dragon(1973)

랄로 쉬프린(Lalo Schifrin)

이소룡(李小龍)은 제가 자라던 시절의 스타는 아니었지만, 1980년대까지도 TV에서 이소룡 영화를 자주 해주었기에 제 또래분들도 이소룡 영화를 많이 봤을 거라 생각이 듭니다. 제가 자랄 때는 그의 아들인 브랜든 리(Brandon Lee)의 영화들이 개봉했었는데요. 당시 액션 스타였던 스웨덴 출신의 돌프 룬드그렌(Dolph Lundgren)과 함께 출연한 〈리틀도쿄〉(Showdown In Little Tokyo, 1992) 그리고 그의 유작이 된 〈크로우〉(The Crow, 1994)를 보고 액션도 잘하고 몸도 좋은 데다 참 잘생겼다는 생각을 자주 했어요. 하지만 아버지보다 더 젊은 28세의 나이에 촬영 중 총기사고로 세상을 떠나면서 많은 이들이 안타까워했었습니다.

다시 〈용쟁호투〉 이야기로 돌아가 볼게요. 용과 호랑이의 싸움이란 제목의 이 작품은 이소룡이 남긴 다섯 편의 주연작 중네 번째에 해당하는 작품으로, 이소룡은 이 영화의 촬영을 모두 마치고 갑작스레 세상을 떠나고 맙니다. 그래서 〈용쟁호투〉 이후 촬영 중이었던 〈사망유희〉(死亡遊戱, 1978)가 그의 유작이 되고 말았어요. 〈용쟁호투〉는 저예산으로 제작되어 투자비의 100배의 수입을 거둔 흥행대작입니다. 미국에서 배우의 꿈을 키우던 이소룡이 홍콩에 복귀하여 만든 〈당산대형〉(唐山大兄, 1971)이 성공하면서 대중에게 그의 얼굴을 확실히 각인시키게 됩니다. 그리고 이후 매년 영화를 한편씩 내놓는데요. 〈정무문〉(精武門, 1972), 할리우드 액션 배우 척 노리스(Chuck Norris)와 함께 출연한 〈맹룡과강〉(猛龍過江, 1972) 이 줄줄이 히트를 기록했습니다. 그러자 미국의 대형 영화사인 워너 브라더스의 자본이 들어와 홍콩 골든 하베스트사와 함께 〈용쟁호투〉를 만들게 되었습니다.

영화의 내용은 대충 이렇습니다. 소림사의 변절자 '한'은 밀수를 하면서 세력을 키우는데요. 영국의 정보기관과 소림사의 요청으로 한을 잡기 위해 한이 개최한 무술대회에 출전하면서 이야기가 전개됩니다. 영화를 못 보신 분들도 너무나 유명한 '거울의 방' 장면은 아실 것 같아요. 이 작품에는 보디빌더로도 잘 알려진 중국 출신의 볼로 영(Bolo Yeung)도 나오는데요. 엄청난 근육과 험악한 인상으로 참 유명한 배우였습니다. 1990년대를 주름잡았던 벨기에 출신의 액션 스타 장 끌로드 반담(Jean Claude Van Damme)을 좋아하셨던 분이라면 그의 악역 상대로 종종 나온 볼로 영을 분명 기억하실 거예요.

그리고 언제나 그렇지만 음악이 매우 좋습니다. 재미있는 느낌의 이 곡은 50년이 지난 지금에도 예능에 나올 정도인데요. 음악은 아르헨티나 출신의 음악가 랄로 쉬프린이 맡았어요. 그는 재즈 음악 작곡가로 어려서부터 피아노 연주에 재능이 많았어요. 그래서 계속 음악 공부를 이어갔지만 놀랍게도 대학에 진학해서는 법학을 전공해요. 낮에는 법을 공부하는 학생으로, 밤에는 클럽에서 재즈 피아노 연주자로 지낸 것이죠. 스무 살 때는 아르헨티나 하면 떠오르는 음악가 아스토르 피아졸라 (Astor Piazzolla)와 협연했으니 연주 실력이 상당했던 것 같습니다. 랄로 쉬프린은 그래미상을 다섯 번이나 받았지만, 우리에게 가장 친숙한 그의 음악은 1966년부터 1973년까지 미국 CBS TV에서 방영했던 첩보 드라마 〈제5전선〉(Mission Impossible)의 메인테마일 거예요. 당시 드라마는 큰 인기를 얻었고 1988년에는 돌아온 〈제5전선〉이라는 이름으로 드라마가 리메이크 되었어요. 그리고 1996년부터는 영화로도 제작되었습니다. 드라마에서 영화로 많은 시간 동안 배우들도 바뀌고 내용은 새로워졌어도 여전히 랄로 쉬프린의 테마 음악만큼은 변함이 없었습니다. 이 곡은 너무나 유명하니 다른 곡을 하나 더 소개해 드릴게요. 1967년부터 1975년까지 CBS TV에서 방영했던 탐정물 〈매닉스〉(Mannix) 중에서 The Girl Who Came In With The Tide(1969)입니다. 시간이 흘러도 여전히 세련된 그의 음악을 만나실 수 있습니다.

시애틀의 잠 못 이루는 밤 (Sleepless In Seatle, 1993)

1993년 12월 18일 개봉, 미국

When I Fall In Love(1952)

셀린 디온(Celine Dion) & 클라이브 그리핀(Clive Griffin)

In a restless world like this is

이처럼 숨 가쁜 세상에서는

Love is ended before It's begun

사랑을 시작하기 전에 끝이 나고 말죠

And too many moonlight kisses

달빛의 수많은 입맞춤은

Seem to cool in the warmth of the sun

뜨거운 태양 아래 드리운 그늘 같아요

영화도 유명하지만, 포스터도 참 유명한 작품입니다. 배경이 되는 시애틀과 뉴욕을 잘 이용해서 만든 포스터인데요. 같은 하늘 아래 살고 있지만 다른 시각, 다른 온도라는 걸 포인트로 삼아서 남녀주인공을 배치한 멋진 포스터예요. 시애틀과 뉴욕이라면 미국의 서, 동부에 끝에 있는 도시라 실제로 4시간 차이가 납니다. 우리나라는 국내에서는 어디를 가든 시차가 나질 않기 때문에 잘 와닿지는 않는데요. 같은 나라에서 시차가 난다니 조금 신기하게 다가오기도 합니다. 여하튼 포스터처럼 시애틀이 오후라면 뉴욕은 밤인 경우가 실제로 일어나게 되는 것이죠.

이 작품은 톰 행크스(Tom Hanks), 맥 라이언(Meg Ryan) 콤비가 두 번째로 함께 한 영화입니다. 두 배우는 이 영화 외에도 〈유브 갓 메일〉(You've Got Mail, 1998), 〈볼케이노〉(The Volcano, 1990) 이렇게 3편의 영화에 함께 출연했는데 모두 로맨틱 코미디였어요. 영화에서는 사랑의 매개체로서 엠파이어 스테이트 빌딩이 나옵니다. 영화 〈러브 어페어〉(An Affair to Remember, 1957)에서 영감을 받았음을 보여주는 설정인데요. 1957년, 1994년 두 편의 〈러브 어페어〉와 이 영화의 영향 때문에 그 높은 빌딩이 로맨틱해 보일 때도 있습니다. 건축비가 엄청나게 많이 들었기 때문에 손익 분기점을 넘는 데 20년이 걸렸다고 해요. 1931년에 지어졌으니 엄청 오래된 건물인데요. 높이는 443m 102층으로 되어있어요. 서울 잠실 롯데월드 타워가 554m 123층이고 부산 엘시티가 412m 101층이기 때문에 부산 엘시티와 비슷한 높이 라고 보면 될 것 같습니다.

영화의 내용은 이미 전작들이 있었기에 어느 정도 예측도 가능하기도 하고 잔잔한 스토리이기 때문에 밋밋할 수도 있습니다. 하지만, 젊은 시절의 두 배우를 볼 수 있는 재미도 있고, 내용도 편안하고 유쾌하게 잘 흘러가는 작품입니다. 그리고 음악이 좋습니다. 셀린 디온과 클리브 그리핀이 함께 부른 When I Fall in Love는 이 작품 이전부터 꾸준하게 사랑을 받아온 곡이에요. 이 곡은 원래 6.25 전쟁을 배경으로 한 미국영화 〈영호작전〉(One Minute to Zero, 1952)의 주제가입니다. 남한 민간인 대피 임무를 맡은 미 육군소속의 스티브 대령과 유엔군 간호장교 린다. 이 두 사람이 전장에서 꽃피우는 사랑 이야기를 다룬 영화에요. 원곡은 영화배우 겸 가수 도리스 데이(Doris Day)가 불렀습니다. 귀여운 외모에 가창력까지 겸비해서 큰 사랑을 받은 배우입니다. 1956년에는 재즈 피아니스트 겸 가수인 냇 킹 콜(Nat King Cole)이 불러서 더 큰 사랑을 받았고, 1980년대 Together Forever(1988)로 우리에게 너무나 유명한 릭 애슬리(Rick Astley)가 1987년에 다시 불러서 영국에서 1위를 기록했습니다. 이후 1993년 이 영화에 이 곡이 다시 등장했고 이듬해 그래미상을 받습니다. 그리고 다시 시간이 또 흘러 2013년 영화 〈어바웃 타임〉(About Time, 2013)에서 바바 고프(Barbar Gough)가 부른 곡이 사운드트랙에 실리면서 새로운 세대의 팬들과 다시 만나게 되었습니다. 2018년에는 캐나다의 재즈 가수 마이클 부블레(Michael Buble)가 또다시 불렀어요. 여러 세대와 함께했던 엄청난 곡입니다. 이 영화에 실린 버전은 셀린 디온의 오랜 음악 파트너 데이빗 포스터가 프로듀싱을 맡아서 조금 더 드라마틱한 곡으로 만들어놨습니다. 이 곡이 마음에 와닿으셨다면 셀린 디온을 전 세계적인 스타로 만들어준 영화음악이죠. 피보 브라이슨(Peabo Bryson)과 함께 부른 〈미녀와 야수〉(Beauty and the Beast, 1991)의 주제가 Beauty and the Beast(1991)도 함께 감상해 보세요.

토탈 리콜 (Total Recall, 1990)

1990년 12월 19일 개봉, 미국

Dream(1990)

제리 골드스미스(Jerry Goldsmith)

〈혹성탈출〉(Planet of The Apes, 1968), 〈오멘〉(Omen, 1976), 〈에일리언〉(Alien, 1979). 곡을 듣지 않고, 이분의 대표작만 들어봐도 그 특유의 느낌이 딱 오는 것만 같습니다. 제리 골드스미스는 서스펜스, 호러, SF 영화음악에 일가견이 있는 음악가예요. 그리고 이분의 대학 시절 교수님 중 한 분이 〈벤허〉(Ben-Hur, 1959)의 음악을 맡은 미크로스 로자(Miklós Rózsa)입니다. 미크로스 로자의 선한 영향력이 제자들에게 흘러서 스승 못지않은 또 한 명의 대단한 영화음악가가 탄생하고 아마 이분도 또 다른 누군가에게 많은 영향을 주어 훌륭한 영화음악들이 계속 나오고 있음이 분명합니다.

미크로스 로자 말고도 여러 영화감독의 창작에 있어 많은 영향력을 미친 또 한 명의 인물이 있습니다. 〈토탈 리콜〉은 할리우드가 사랑한 작가 중 한 명인 SF 작가 필립 K. 딕(Philip K. Dick)의 소설 《도매가로 기억을 팝니다》(We Can Remember It for You Wholesale, 1966)를 원작으로 하고 있어요. 필립 딕의 소설은 이제 클래식이라고 불러도 좋을 만큼 적지않이 오래전에 쓰였음에도, 지금 읽어도 상당히 신선합니다. 토탈 리콜 말고도 《마이너리티 리포트》(Minority Report, 1956), 《페이첵》(Paycheck, 1953), 《조정팀》(Adjustment Team, 1954) 등이 동명 혹은 다른 이름으로 영화화되면서 많은 사랑을 받았어요.

토탈 리콜의 주인공 퀘이드 역에는 근육질 스타 아놀드 슈왈제네거, 상대 여배우 로리역에는 섹시스타 샤론 스톤(Sharon Stone)이 맡았습니다. 2012년 리메이크판 에서는 퀘이드 역에 콜린 파렐(Colin Farrell)이 캐스팅되어 전작보다 외모에 더 비중을 두었고 로리역에는 샤론 스톤과는 또 다른 느낌으로 매력적인 케이트 베킨세일(Kate Beckinsale)이 맡았습니다. 콜린 파렐은 영화 〈마이너리티 리포트〉(Minority Report, 2002)에도 출연하면서 필립 딕의 소설을 원작으로 한 영화에 두 번 출연하는 인연을 맺기도 했습니다.

감독은 네덜란드 출신의 폴 버호벤(Paul Verhoeven)입니다. 영화전공이 아니라 물리학 전공자라는 사실이 알려지면서 더욱 호기심 어린 시선으로 언론에서 다뤘던 기억이 납니다. 한때 학생들 사이에서 〈터미네이터〉의 라이벌이었던 영화 〈로보캅〉(RoboCop, 1987)의 연출을 맡으면서 많은 이들에게 주목받기 시작합니다. 내가 살아가고 있는 일상이 사실은 누군가로부터 조작된 기억이라는 신선한 원작의 소재에다 액션과 특수효과가 버무려진 재미있는 영화입니다. 거기에다 제리 골드스미스의 음악이 얹어지면서 박진감이 더해집니다. Dream은 오프닝, 추격씬, 엔딩에 등장하는데요. 전자음악에 오케스트라가 함께 연주하는 곡이 미래를 배경으로 한 공상과학 영화와 멋지게 어우러집니다.

필립 딕의 원작을 영화화한 작품 중 〈토탈 리콜〉과 함께 투톱으로 일컬어지는 영화가 있죠?《안드로이드는 전기 양 꿈을 꾸는가?》(Do Androids Dream of Electric Sheep?, 1968)를 원작으로 한 〈블레이드 러너〉(Blade Runner, 1982)입니다. 필립 딕이 생전에 유일하게 영화로 만들어진 걸 확인한 작품인데요. 그리스 출신의 영화음악가 반젤리스(Vangelis)의 명곡들이 실려 있는 사운드트랙입니다. Dream이 마음에 와닿으셨다면 필립 딕 영화의 명반으로 꼽히는 〈블레이드 러너〉 중에서 End Title 그리고 분위기는 다르지만, 사운드트랙에서 빼놓을 수 없는 Love Theme도 감상해보세요. 제리 골드스미스와는 또 다른 SF영화음악의 명곡을 확인하실 수 있으실 겁니다.

몬스터 주식회사 (Monsters, Inc, 2001)

2001년 12월 20일 개봉, 미국

Monster, Inc(2001)

랜디 뉴먼(Randy Newman)

〈스타워즈〉의 아버지 조지 루카스의 영화사 루카스 필름의 컴퓨터 그래픽 사업 부분을 담당하던 부서가 조지 루카스의 이혼 소송으로 인한 비용 문제 때문에 매각하는 일이 벌어집니다. 그리고 이 상황을 지켜보던 애플의 CEO 스티브 잡스(Steven Jobs)가 그래픽 사업부를 사들이게 되는데요. 이 회사는 이후 픽사(PIXAR)라는 이름으로 사명을 바꾸고, CG를 활용한 애니메이션 회사로 탈바꿈해 나가기 시작합니다. 하지만 인수한 지 10년

이 다 되어 가도록 큰 성과를 이루지 못해서 스티브 잡스는 자비로 투자하게 될 지경에 이르게 됩니다. 그래도 3D 그래픽 애니메이션을 미래 사업의 하나로 봤기에 오랜 기간 성과를 내지 못하여 경영 위기가 온 회사임에도 사업을 이어 나갔고, 결국 1995년 〈토이 스토리〉(Toy Story)가 흥행하면서 지금의 자리에 오르는 초석을 다지게 됩니다. 이후 CEO가 몇 차례 바뀌고 지금은 공룡기업이 된 월트디즈니의 자회사가 되어있습니다. 픽사는 1999년 토이 스토리 2도 성공시킨 후 21세기 들어 세상에 내놓은 첫 번째 애니메이션이 바로 〈몬스터 주식회사〉입니다. 픽사의 초창기 멤버 이자 토이 스토리의 감독인 존 라세터(John Lasseter)는 초창기부터 함께 해온 피트 닥터(Pete Docter)에게 연출을 이어주고 그는 〈업〉(UP, 2009), 〈인사이드 아웃〉(Inside Out, 2015)과 같은 픽사의 명작들을 만들어 갑니다.

〈몬스터 주식회사〉는 〈토이 스토리〉에 이은 픽사의 야심작인데요. 픽사 애니메이션의 큰 주제라고 할 수 있는 동심과 추억, 우정이 잘 녹아있는 좋은 작품입니다. 우연한 계기로 몬스터 세계로 들어온 여자아이 부(Boo), 그리고 부를 다시 집으로 돌려 보내려 애쓰는 몬스터 설리와 마이크의 모험을 그리고 있는 작품인데요. 귀여운 캐릭터 부와 몬스터들의 우정에 아이들은 물론 어른들까지 참 많은 찬사를 보낸 작품이에요. 특히 부는 거의 20년이 지나 〈토이 스토리 4〉(Toy Story 4, 2019)에도 카메오로 등장하면서 부를 보고 자라 성인이 된 관객들에게 추억선물을 가져다주기도 했습니다.

음악은 광고와 드라마, 피아니스트, 등 폭넓게 활동했던 싱어송라이터 랜디 뉴먼이 맡았어요. 랜디 뉴먼은 1960년대부터 1980년대까지는 가수로 활약했는데요. 그는 영화를 좋아하는 이들이라면 누구나 들어 본 적이 있는 '20세기 폭스 팡파레'(20th Century Fox Fanfare)를 만든 영화음악의 거장 알프레드 뉴먼(Alfred Newman)의 조카이기도 하고, 사촌 동생은 〈쇼생크 탈출〉(The Shawshank Redemption, 1994), 〈아메리칸 뷰티〉(American Beauty, 1999)로 유명한 토마스 뉴먼(Thomas Newman)입니다. 랜디 뉴먼은 사회에 비판적인 가사를 주로 노래로 만들기로 유명했었습니다. 그러다 TV, 광고 음악을 맡기 시작했고 1990년대 이후에는 픽사와 일하기 시작하면서 영화음악으로 영역을 넓혀갔어요. 그 결과 아카데미상, 에미상, 그래미상을 모두 받았고 로큰롤 명예의 전당에 입성하기도 했습니다. 〈토이 스토리〉의 You've Got a Friend in Me(1995), 〈토이 스토리 3〉(Toy Story 3, 2010)의 We Belong Together(2010)도 모두 그의 곡입니다. 〈몬스터 주식회사〉에도 If I Didn't Have You라는 주제가를 만들었는데요. 저는 재즈풍의 신나는 메인테마를 소개해 드리려 합니다. 이 곡이 마음에 와닿으셨다면 〈사랑의 기적〉(Awakenings, 1990) 중에서 Dexter's Tune(1990)을 감상해 보세요. 편안한 느낌을 주는 랜디 뉴먼의 곡이 또 다른 매력을 가져다드릴 것입니다.

폴라 익스프레스 (The Polar Express, 2004)

2004년 12월 23일 개봉, 미국

Spirit of the Season(2004)

앨런 실베스트리(Alan Silvestri)

　로버트 저멕키스(Robert Zemeckis) 감독의 작품은 대부분 영화
도 좋고 음악도 좋았습니다. 그의 작품의 음악은 대부분 앨런
실베스트리가 함께 작업했는데요. 〈백 투 더 퓨처〉 시리즈 외에
도 SF영화의 명작 중 하나로 꼽히는 〈콘택트〉(Contact, 1997), 아
카데미 남우주연상을 받은 〈캐스트 어웨이〉(Cast Away, 2001)도
이 두 사람이 함께한 작품이에요. 그리고 3년 뒤 〈캐스트 어웨
이〉의 주인공 톰 행크스를 성우로 기용해서 애니메이션을 만들

었는데요. 그 작품이 바로 〈폴라 익스프레스〉입니다.

이 작품은 미국의 아동문학가 크리스 반 알스버그(Chris Van Allsburg)가 1985년에 출간한 동명의 동화를 원작으로 하고 있어요. 크리스 반 알스버그 하면 이 책 말고도 1981년에 출간한 《쥬만지》(Jumanji)가 더 유명하죠. 이 두 작품 모두 미국에서 그해 최고의 그림책에 수여하는 칼데콧상(Caldecott Medal, 1938~)을 받았습니다. 두 동화를 읽어보면 아이들을 환상의 세계로 이끌어 빨려 들어가게 만드는 내용들인데요. 어른이 되어서도 조금이나마 동심이 남아 있기를 바라는 작가의 마음이 전해집니다. 아이들을 위한 책인 만큼 두께는 얇지만, 그 여운은 상당합니다. 《쥬만지》도 그렇지만 이 작품도 원작이 짧아서 많은 부분은 각본을 맡은 로버트 저멕키스가 덧붙여야만 했어요.

영화에는 산타 할아버지를 믿지 않는 소년 히어로 보이가 등장합니다. 12월 24일 밤 자정을 5분 남기고 집 앞에는 북극으로 가는 기차가 도착해요. 그리고 소년은 궁금함을 해소하고자 기차에 오릅니다. 언제나 그렇지만 올해 크리스마스에도 믿음을 잃지 않은 사람들에게만 산타할아버지의 선물이 기다리고 있

겠죠? 눈에 보이는 것만 믿지 않고 보이지 않는 것도 믿을 수 있
는 믿음을 가진 사람, 그런 사람이 바로 선물을 받을 자격이 있
는 사람입니다. 원작도 그렇고 애니메이션도 그렇고 마지막 장
면이 참 인상적인데요. 못 보신 분들을 위해 더 이상 이야기는
하지 않도록 하겠습니다.

　앨런 실베스트리는 로버트 저멕키스가 믿고 맡기는 음악가이
기에 기대에 부합하는 멋진 곡을 이번에도 사운드트랙 여기저
기에 실어 놓았는데요. 언제 듣던 이 곡을 들으면 바로 성탄절
느낌이 들게 만드는 Spirit of the Season을 감상해 보세요. 이
곡이 마음에 와닿으셨다면 느낌은 다르지만, 로버트 저멕키스-
앨런 실베스트리 콤비의 또 다른 명곡인 〈포레스트 검프〉(For-
rest Gump, 1994)의 메인테마 I'm Forrest…Forrest Gump(1994)
도 놓치지 마세요.

왕의 남자 (King and The Clown, 2005)

2005년 12월 29일 개봉, 한국

꿈꾸는 광대(2005)

이병우

조선왕조 500년 동안 여러 임금님이 계셨지만, 드라마나 영화로 가장 많이 만들어진 분은 어진 임금님들이 아니라 폭군으로 유명한 조선의 열 번째 왕 연산군이었어요. 어린 시절 어머니의 죽음과 그에 얽힌 비극적인 과거사, 각성한 군주의 공포정치 그리고 요부로 일컬어지는 장녹수라는 여인이 등장하는 등 드라마, 영화의 소재로 삼기에 참 좋은 인생의 곡절이 많았기 때문인 것 같습니다. 영화로도 몇 편이 나왔는데요. 1960년대 인

내 MP3 속 영화음악

기배우 신영균 님이 출연하고 신상옥 감독님이 연출한 1961년 작 〈연산군〉, 강수연 님이 장녹수로 출연했던 1987년 작 〈연산군〉, 2015년 배우 김강우 주연의 〈간신〉이 있었어요. 영화 속 여러 연산군이 있었지만, 가장 많은 사랑을 받은 작품은 2005년에 개봉한 이준익 감독님의 〈왕의 남자〉입니다. 영어 제목은 원제와 조금 다른 〈왕과 광대〉예요. 우리나라 영화도 영어 제목이 대부분 있는데요. 그 미묘한 차이를 보는 재미도 큽니다. 우리 제목과 영어 제목이 똑같은 경우도 많지만 살짝 살짝 다른 경우도 많거든요.

  이준익 감독님은 이 작품 말고도 2006년 〈라디오 스타〉, 2013년 〈소원〉, 2016년 〈동주〉, 2021년 〈자산어보〉 등 영화관람의 큰 기쁨 중 하나인 오락과 재미보다는 확실한 메시지를 주는 작품을 더 많이 만들었어요. 그의 작품 중 천만 관객을 기록하여 최고 흥행작품이 된 왕의 남자는 당시 할리우드 블록버스터에 비해 적은 수의 극장에서 상영했기에 더욱 대단한 기록이라 할 수 있습니다. 〈왕의 남자〉는 원작이 있는데요. 김태웅 작가님이 2000년에 발표한 희곡 《이》(爾)를 원작으로 하고 있어요. 한

자를 보면 아시겠지만 '너'라는 뜻인데요. 원작은 또 다른 제목을 가지고 있습니다. 영화에서 연산군 역은 이 감독님과 〈황산벌〉(2003)에서 호흡을 맞췄던 정진영 배우가 맡았고 강성연 배우가 장녹수를 연기했어요. 왕의 남자는 연산군, 장녹수 말고도 또 하나의 배역이 많은 사랑을 받았는데요. 영어 제목에서 나온 광대 공길입니다. 이준기 배우는 당시 신인으로 2000대 1의 오디션 경쟁을 뚫고 공길 역을 차지하여 천만 관객 영화가 되는 데 큰 일조를 하였습니다. 예쁘게 잘생긴 그의 외모와 신인답지 않은 연기는 관객들을 스크린 속으로 빨려들게 만들었기 때문이죠.

영화와 더불어 기타리스트이며, 영화음악가인 이병우 님이 맡은 음악도 큰 사랑을 받았습니다. 영화음악을 사랑하는 사람으로서 우리 영화에도 좋은 음악들, 그중에서도 좋은 스코어(Score; 영화를 위해 만들어진 순수 연주곡)의 등장은 정말 반가운 일이었습니다. 이병우 님은 오스트리아로 유학 가서 클래식 기타를 전공하고 돌아옵니다. 그래서 당연히 음악 활동의 시작은 클래식 기타리스트였어요. 그러다 1996년 이병헌 배우 주연의 영화 〈그들만의 세상〉의 음악을 맡으면서 영화음악가로서 활약을 시작합니다. 이후 2001년 애니메이션 마리 이야기를 거쳐 〈괴물〉(2006), 〈마더〉(2009), 〈관상〉(2013) 등 다양한 장르에서 음악을 담당했어요. 왕의 남자에서는 꿈꾸는 광대가 참 많은 사랑을 받았는데요. 방송에서 많이 나왔기에 참 익숙하면서도 좋은 곡입니다. 이 곡이 마음에 와닿으셨다면 이병우 님이 음악을 맡았던 〈장화, 홍련〉(2003) 중에서 **차가운 손**(2003), 〈스캔들 - 조선 남녀상열지사〉(2003) 중에서 **조원의 아침**(2003)도 함께 감상해보세요.

반지의 제왕: 반지 원정대
(The Lord of The Rings: The Fellowship of The Ring, 2001)

2001년 12월 31일 개봉, 뉴질랜드, 미국

Concerning Hobbits(2001)

하워드 쇼어(Howard Shore)

 21세기가 오면 뭔가 확 달라진 세상이 올 것이라는 기대가 많았지만, 정작 삶이 크게 달라지지 않은 사람들이 대부분이었어요. 분명 세상은 하루하루 변하고 있지만, 나는 어제도 오늘도 그대로인 날을 살아가잖아요? 그런 느낌을 대부분의 사람들이 가지고 있었던 것 같습니다. 그래서 영화 제작사와 게임회사에서는 2000년대 들면서 관객과 게이머들을 판타지 세계에 이끌려는 시도가 많았습니다. 더욱이 검증된 원작들을 가진 작품들이 영화로 계속 나오기 시작했는데요. 그중 대표적인 작품이 바로 〈반지의 제왕〉(2001~2003) 시리즈였습니다. 이 시리즈 말고도 앞서 소개해 드린 〈해리포터〉 시리즈, 〈나니아 연대기〉 시리즈도 있었고, 흥행에 실패해서 더 이상의 시리즈가 나오지 않은 〈황금 나침반〉(The Golden Compass, 2007)도 있었습니다.

 J.R.R. 톨킨의 동명의 장편 소설을 원작으로 하는 이 작품은 뉴질랜드의 영화감독 피터 잭슨(Peter Jackson)의 작품으로 그는 이 시리즈의 성공 이후 〈반지의 제왕〉의 앞선 이야기를 다룬 톨킨의 《호빗》(The Hobbit, 1937)도 3부작으로 내놓았습니다. 피터 잭슨은 이 작품 이전에는 크게 이름이 나지 않은 감독이었습니다. 원작을 사랑하는 사람으로서 활자를 영상으로 담아내고야 말겠다는 열정이 이어져 결국 이런 대작을 만들어 냈고, 자신은 물론 고국 뉴질랜드에도 영화의 배경이 된 곳이 관광명소가 되면서 부와 명예를 함께 가져다주었습니다. 컴퓨터그래픽이나 스케일, 긴 상영시간을 보면 도저히 1년에 1편씩 만들 수 있는 영화가 아님을 알 수 있습니다. 〈반지의 제왕〉 시리즈는 전체를 통틀어 아카데미상 30개 부분에 후보에 올라서 17개의 오스카

상을 받았고 최종편인 〈왕의 귀환〉(The Lord of The Rings : The Re-turn of The King, 2003)은 11개 부문에서 수상하면서 〈벤허〉, 〈타이타닉〉과 함께 아카데미 최다수상의 기록도 가지고 있어요.

영화만큼이나 음악도 유명한데요. 음악은 캐나다의 영화음악가 하워드 쇼어가 맡았습니다. 하워드 쇼어는 〈양들의 침묵〉(The Silence Of The Lambs, 1991), 〈의뢰인〉(The Client, 1994) 등의 음악을 맡았고 21세기로 넘어오면서는 피터 잭슨 감독을 만나 〈반지의 제왕〉 3부작, 〈호빗〉 3부작의 음악을 담당했어요. 그리고 이 시리즈로 아카데미 음악상, 그래미상을 받았습니다. 방대한 시리즈인 만큼 음악도 많지만, 그중에서 Concerning Hobbits를 소개해 드립니다. 바이올린 연주가 참으로 아름다운 곡이에요. 이 곡이 마음에 와닿으셨다면 하워드 쇼어의 대표작 중 하나인 영화 〈빅〉(Big, 1988) 사운드트랙 중에서 베아 웨인(Bea Wain)의 곡 Heart and Soul(1938)을 편곡한 Heart and Soul, 그리고 〈빅〉의 엔딩에 흐른 Goodbye(1988)도 함께 감상해 보세요.

007 어나더데이 (Die Another Day, 2002)

2002년 12월 31일 개봉, 영국, 미국

Die Another Day(2002)

마돈나(Madonna)

  '007'시리즈의 스무 번째 편이자 5대 제임스 본드 피어스 브로스넌(Pierce Brosnan)의 마지막 작품인 〈어나더데이〉는 피어스 브로스넌이 출연한 앞선 세 편의 작품처럼 이언 플레밍(Ian Fleming)의 원작소설과는 상관이 없는 순수 창작작품입니다. 피어스 브로스넌의 제임스 본드 시리즈는 첫 번째 '007' 영화인 〈골든아이〉 이후 뒤로 갈수록 재미가 조금씩 떨어지게 됩니다. 이 작품이 그의 마지막 작품인 이유도 보시면 직접 확인하실 수 있어요. 하지만 제게는 나름의 애정이 있는 작품인데요. 첫 번째 이유는 어머니와 함께 관람한 '007' 영화고, 두 번째는 주제가가 좋았기 때문이고, 세 번째는 '007' 영화의 감초 Q역을 두 번째로 맡은 영국 배우 존 클리즈(John Cleese)의 마지막 출연 작품이라는 점입니다. 1대 Q역을 맡은 데스몬드 레웰인(Desmond Llewelyn)처럼 푸근한 인상을 주어서 그분도 좋아했었거든요.

1991년대 소련이 해체되면서 냉전 시기 제임스 본드의 주적으로 나왔던 러시아도 골든아이 이후 자취를 감춥니다. '007' 19편 〈네버 다이〉(Tomorrow Never Dies, 1998)에서는 중국을 악당으로 바라보다가 20편에서는 북한으로 시선이 옮겨가게 됩니다. 자연스레 영화의 배경으로 북한과 우리나라가 등장하지만 정작 촬영은 우리나라에서 한 적이 없어요. 배우들의 우리말 연기는 외국인이라 그렇다 쳐도 엉성한 부분이 많았어요. 정식 우리 군복 대신 예비군복을 입고 나오거나 어색한 한글 표현, 누가 봐도 풍경은 동남아인데 북한이라고 나오는 등 우리가 보면 이상한 부분투성이인 영화지만 그런 허점들을 찾아보는 재미가 또 있는 영화입니다. 심심할 때 보는 오락영화로는 괜찮지만, 첩보물의 큰 형님인 '007'시리즈라는 타이틀과는 격에 맞지 않은 것이죠.

영화에는 첫 흑인 본드걸인 할리 베리(Halle Berry)와 지금도 꾸준하게 활동 중인 로자먼드 파이크(Rosamund Pike)의 전성기 시절 미모도 볼 수 있습니다. 흥행에는 실패했지만, 카메오로 출연한 마돈나가 직접 부른 주제가 Die Another Day는 많은 사랑을 받았습니다. 물론 이 곡도 당시에는 좋지 않은 평을 받았습니다. 본드 시리즈 최초로 일렉트로 댄스 장르가 주제가로 만들어 지면서 기존의 본드와는 어울리지 않으며, 가사가 뚝뚝 끊겨 들리고 본드의 어두운 면이 더 부각 된다는 평이 있었어요. 하지만 세월이 흐름에도 이 곡을 찾는 사람들이 꾸준히 있었고 결국 제임스 본드 주제가 중에서 디지털 구매로 가장 많이 판매된 곡이 되었습니다.

가사는 '오늘은 죽지 않는다'라는 'Die Another Day'가 반복되고, 멜로디는 클럽과 어울리는 신나는 곡입니다. 꾸준한 사랑을 받은 곡인 만큼 여러 명의 DJ가 리믹스 했는데요. 그래도 마돈나와 미르와이즈(Mirwais)가 프로듀싱한 오리지널 버전이 가장 좋은 것 같습니다. 이 곡 말고도 영화에 남긴 마돈나의 곡 하면 Vogue(1990)를 빼놓을 수 없는데요. 이 곡은 마돈나가 출연한 영화 〈딕 트레이시〉(Dick Tracy, 1991), 다큐멘터리 영화 〈마돈나 진실 혹은 대담〉(Madonna: Truth Or Dare, 1991) 사운드트랙에 실렸습니다. 위의 곡들을 들으면 마돈나는 댄스 장르만 잘할 것 같지만, 사실 가창력이 받쳐주기에 오랜 시간 활동하고 있는 건데요. 영화음악 중에서는 〈그들만의 리그〉(A League of Their Own, 1992)의 주제가 This Used to Be My Playground(1992)를 통해서 확인해 보실 수 있습니다. 이 곡은 10번째 빌보드 차트 1위에 오르며 여성 가수 중 가장 많이 빌보드 1위에 오른 가수라는 타이틀을 안겨주기도 한 곡이에요.

사관과 신사 (An Officer and A Gentleman, 1982)

1983년 1월 1일 개봉, 미국

Love Theme(1982)

리 릿나워(Lee Ritenour)

지금은 골동품처럼 되었지만 2000년대 초반까지도 많은 가정에 비디오 테이프를 재생하는 장치인 VTR(Video-Tape-Recorder)이라는 게 있었습니다. 짧게 비디오라고 부르기도 했죠. 1990년대 후반 저는 군에 있었는데, 그때 주말이 되면 VTR을 틀어주던 때가 있었습니다. 당시 군대에서 영화를 보려면 일정 기간 복무해야 가능했기에 영화를 보는 즐거움은 상당한 것이었습니다. 비디오를 빌려오는 사람 마음대로 골라와서 틀어주는 거라 선택권도 없었지만요. 저는 이 영화를 군대에서 VTR 로 봤습니다. 군대에서 보는 군대 이야기지만, 군복이 잘 어울리는 남주인공 리처드 기어(Richard Gere)와 아름다운 여주인공인 데브라 윙거(Debra Winger)를 보는 재미가 컸습니다. 영화는 사관생도와 제지 공장에서 일하는 여주인공의 사랑이 이루어져 가는 내용을 담은 영화입니다. 개봉 당시 큰 흥행을 거두었고 저도 재미있게 봤지만 지금 다시 본다면 밋밋할 수도 있을 것 같습니다.

영화 말고도 주제가 Up Where We Belong을 들을 수 있는 점도 좋았습니다. 이 곡은 아카데미 주제가상, 골든 글로브 주제가상, 그래미상까지 받은 곡이에요. 하지만 소개해 드리는 곡은 사랑의 테마로 하였는데, 첫 번째 이유는 Up Where We Belong은 대중매체를 통해 지금도 간혹 들을 기회가 있지만, Love Theme은 좀처럼 들을 수가 없기 때문입니다. 대부분 사운드트랙 앨범의 구성이 영화의 큰 줄기를 담당하는 메인테마가 다른 곡들에도 스며들게 만들어지기 마련인데요. 이 곡도 주제곡의 멜로디가 녹아 있으면서도 사랑의 테마 특유의 감성도 동시에 느낄 수 있다는 장점이 소개의 두 번째 이유입니다.

음악은 재즈기타리스트로 유명한 리 릿나워가 맡았어요. 올드팬이라면 '리 리트너'라는 이름이 더 친숙하시겠지만 원래 발음은 리 릿나워가 맞다고 하니 그렇게 불러야 하겠습니다. 예전 라디오에서는 리 리트너로 소개를 많이 했었거든요. 우리나라는 이(李)씨가 많아서 왠지 릿나워가 이름이고 리가 성일 것 같은 기분도 들기도 해요. 리 릿나워는 손가락 대장(Captain Fingers)이라는 멋진 별명도 함께 따라다니는데요. 재즈피아니스트 데이브 그루신과도 자주 협업하였고, 우리나라에도 단독 혹은 함께 내한공연을 올 만큼 팬층이 있는 분입니다. **사랑의 테마**는 5분이 넘는 조금은 긴 곡임에도 검증된 기타 연주가 참 훌륭하고 멜로디도 잔잔하게 스며오기 때문에 차 한잔 놓고 듣거나 밤에 멍하니 듣기에는 그만인 곡입니다. 손가락 대장의 연주가 마음에 와닿으셨다면 그의 연주곡 Bahia Funk(1989)도 꼭 한번 들어보세요. 원래 이분의 장기는 조용한 곡이 아닌 펑크인데, 딱 두 마디 기타 연주만 들어봐도 끝까지 듣고 싶게 만드는 신나는 연주곡입니다. 더불어 데이브 그루신과 협연하여 그래미상을 받은 Early A.M. Attitude(1985)도 놓치지 마세요.

스텝맘 (Stepmom, 1998)

1999년 1월 16일 개봉, 미국

Ain't No Mountains High Enough(1967)

마빈 게이(Marvin Gaye) & 타미 테렐(Tammi Terrell)

　Stepmom, 잘 아시듯 '새엄마'라는 뜻입니다. 영화를 보신 분이라면 'I have their past and You can have their future' (난 아이들의 지난날과 함께했고, 당신은 아이들의 앞날과 함께할 수 있어요)라는 대사를 기억하실 겁니다. 사춘기 딸 그리고 어린 아들을 둔 아빠는 이혼 후 아이들의 엄마와는 다른 느낌의 커리어 우먼인 여자 친구를 새엄마가 될 사람으로 소개하며 본격적인 이야기가 펼쳐집니다. 두 명의 엄마역으로는 수잔 서랜든(Susan Sarandon), 줄리아 로버츠(Julia Roberts)가 출연하여 무게감을 더해 주는데요. 두 배우의 연기도 좋고 영화의 내용도 좋습니다. 우리나라는 전래동화나 드라마에서 새엄마의 이미지를 대부분 나쁘게만 해놓았지만, 이 영화는 그렇지 않습니다.

영화에 등장하는 Ain't No Mountains High Enough는 많은 분이 좋아하시는 명곡이죠. 아이들은 같은 곡을 두 명의 엄마와 각기 듣게 되는데요. 개인적으로는 참 좋은 연출이었다고 생각합니다. 사람은 익숙한 환경에 더 친숙하게 느끼기 때문에 주변 환경의 급변은 큰 스트레스를 주는 것 같습니다. 그건 어른, 아이 할 것 없이 똑같은 것이겠죠. 하지만 우리 앞에 놓인 현실은 늘 같은 곳에만 있을 수 없게 도전을 요구합니다. 익숙하지 않은 것을 뚫고 지나가야 할 때 그때 듣기 참 좋은 노래입니다.

노래를 부른 마빈 게이는 유명 흑인 소울 가수인데요. 킴 웨스턴(Kim Weston)과 함께 부른 듀엣곡 It Takes Two(1966)가 히트하자 다시 한번 듀엣곡에 도전합니다. 그 곡이 바로 타미 테렐(Tammi Terrell)과 함께 부른 이 곡입니다. 이 곡이 빌보드 차트 19위까지 오르면서 이후 타미 테렐도 함께 인지도를 끌어올립

니다. 이후 마빈 게이가 작곡한 If This World Were Mine(1967)
도 불러 큰 사랑을 받습니다. 하지만 애석하게도 타미 테렐은 3
년 뒤 뇌종양으로 세상을 떠나고 맙니다. 그때가 24살이라는 정
말 이른 나이였지요. 이후 마빈 게이도 46세에 부모님의 부부싸
움을 말리다 아버지의 총에 맞아 세상을 등집니다. 정말 비극적
인 듀엣이 아닐 수 없어요.

Now if you need me Call me

지금 내가 필요로 하면 불러요

No matter where you are No matter how far

어디에 있든 아주 멀리 있어도 상관 말아요

Don't worry baby Just call out my name

걱정하지 말고 그냥 내 이름을 불러요

I'll be there in a hurry You don't have to worry

그럼 내가 당장에 당신에게 가겠어요

당신은 염려할 필요 없어요

'Cause baby, there ain't no mountain high enough

왜냐면 산이 제아무리 높다 해도

Ain't no valley low enough Ain't no river wide enough

험한 계곡, 건널 수 없는 강을 만나도

To keep me from getting to you, babe

당신을 향해 가는 나를 막을 수는 없으니까요

우피 골드버그(Whoopi Goldberg) 주연의 영화 〈시스터 액트 2
〉(Sister Act 2: Back In The Habit, 1993)에도 이 곡의 리메이크 버전
이 실려 있는데요. 원곡 못지않게 좋습니다. 함께 감상해 보시
면 좋을 것 같아요.

나를 책임져, 알피 (Alfie, 2005)
2005년 1월 21일 개봉, 영국, 미국

Livin' In the Life(1977)
아이슬리 브라더스(Isley Brothers)

2005년 저는 사회생활을 하고 있었지만, 그때까지도 카세트 테이프를 듣고 있었어요. 그리고 그해 처음으로 mp3 플레이어를 가지게 되었습니다. 당시 트렌드에 비하면 늦은 축에 속했어요. 저는 얼리어답터가 아니거든요. 더 작고 휴대가 편하면서도 카세트테이프보다 음악을 훨씬 많이 담을 수 있다니, mp3 플레이어의 편리함에 놀랐습니다. 그리고 2005년 초에는 제가 좋아했던 배우 주드 로가 바람둥이로 나온다는 영화 개봉

소식을 듣게 됐습니다. 하지만 주드 로가 연기한 알피는 나이와 기혼 여부를 따지지 않고 너무 많은 여자들에게 호감을 표시하는 이상한 사람이었습니다. 영화 속에서 주인공 알피가 많은 여성에게 접근하기에 미녀 배우들이 많이 출연했어요. 촬영 후 주드 로와 실제로 연인 사이로 발전하게 되는 시에나 밀러 (Sienna Miller), 영화에서 알피의 모든 바람을 잠재우는 니아 롱 (Nia Long), 연기파 배우 수잔 서랜든(Susan Sarandon), 새로운 스파이더맨 시리즈에서 메이 숙모역을 맡아서 여러 세대에 친숙해진 마리사 토메이(Marisa Tomei)가 출연합니다.

주드 로는 시에나 밀러의 아이들을 돌보는 유모와 실제로 바람이 나서 두 사람의 약혼은 깨어지게 됩니다. 지금 와서 보면 두 사람 모두 외모는 출중한 미남 미녀가 분명하지만, 실제의 삶도 알피와 별다를 것 없어서 이미지가 좀 깎인 게 사실입니다.

영화는 '007'시리즈를 좋아하는 분이라면 기억하실 이름인 루이스 길버트(Lewis Gilbert) 감독이 연출한 동명의 1966년 작품을 원작으로 하고 있습니다. 계속 알피가 로맨틱한 분위기를 만들기 때문에 음악도 분위기 있는 곡들이 실려 있는데요. 그중에서 니아 롱과 함께 있을 때 흘러나오는 아이슬리 브라더스의 Living In the Life가 참 좋습니다.

You can't only stand on the outside looking in

밖에 서 있어서는 안을 들여다볼 수 없지

You ain't me and I ain't you

너는 내가 아니고 나도 네가 아니야

That's the horrible difference between the two

그게 우리 둘의 엄청난 차이점이지

아이슬리 브라더스는 3형제가 결성한 밴드인데요. 활동 중에 동생과 사촌 형제가 추가로 들어와 6인 체제로 활동하기도 했습니다. Fight the Power(1975), For the Love of You(1975)가 많은 사랑을 받았고 1992년 로큰롤 명예의 전당에 올랐습니다. Living In the Life는 앞서 두 곡만큼 빌보드 차트 상위권에 오르지는 못했지만, 영화의 분위기와 참 잘 어울리는 데다 영화를 아예 배제하고 들어도 지금도 여전히 좋은 명곡입니다. 이 곡이 마음에 와닿으셨다면 아이슬리 브라더스의 Between the Sheets(1983)도 감상해 보세요.

트랜스포터 (The Transporter, 2002)

2003년 1월 30일 개봉, 프랑스

The Chase(2002)

디제이 폰(DJ Pone)

   영국 배우 제이슨 스타뎀(Jason Statham)은 근육질의 큰 키에서 나오는 시원시원한 액션으로 많은 사랑을 받아온 배우입니다. 배우가 되기 전까지는 다이빙 국가대표 선수를 하다가 패션모델 활동을 했었어요. 영화계에는 〈록 스탁 앤 투 스모킹 배럴즈〉(Lock, Stock And Two Smoking Barrels, 1998)의 감독인 가이 리치(Guy Ritchie)로 인해서 들어오게 되는데요. 가이 리치의 데뷔작도 제이슨 스타뎀의 데뷔작도 〈록 스탁 앤 투 스모킹 배럴즈〉

입니다. 이 영화로 큰 주목을 받지는 못했지만, 프랑스의 영화 감독 뤽 베송의 눈에 들면서 〈트랜스포터〉 시리즈의 주인공으로 캐스팅되었습니다. 저는 이 작품을 개봉할 때는 못 보고 이후 〈트랜스포머〉(Transformer, 2007)가 나왔을 때 봤는데요. 이름이 비슷해서 보게 된 기억이 나네요.

2003년에 개봉한 〈트랜스포터〉 1편이 흥행에 성공하여 2009년까지 두 편의 후속편이 더 나왔고 2015년에는 주연배우를 바꿔 〈트랜스포터 : 리퓰드〉(The Transporter Refueled, 2015) 라는 이름으로 리부트 작품도 나왔어요. 하지만 리부트 영화는 제이슨 스타뎀이라는 이름이 주는 힘이 세 편의 시리즈를 통해서 얼마나 확실히 자리를 잡았는지를 보여주는 영화가 되고 말았습니다. 내용은 조금씩 바뀌어도 영화의 컨셉은 변함이 없었는데요. 고객의 물건을 운송해 주는 '트랜스포터', 그에게는 하지 말아야 할 3가지 조건이 있어요. 첫째, 계약조건을 바꾸지 마라. 둘째, 거래 시 실명을 밝히지 마라. 끝으로 세 번째 포장을 열어보지 말라는 조건이에요. 하지만 모든 시나리오가 그렇듯 조건이 깨지면서 본격적인 이야기가 펼쳐지고 약속을 지키지 못했

내 MP3 속 영화음악

기에 의뢰인으로부터 추격당하기 시작합니다.

음악은 프랑스의 디스크자키, 디제이 폰(DJ Pone)이 맡았습니다. 디제인 폰은 2002년 디스코 믹스 클럽(DMC) 챔피언십에 참여하게 되는데요. 그 대회는 턴테이블 믹싱 최강자를 뽑는 경연입니다. 그 대회에서 일렉트로닉 밴드 버디 남남(Birdy Nam Nam)의 멤버로 우승을 차지합니다. 디제이 폰은 2014년 버디 남남에서 탈퇴하여 지금까지 솔로로 음악 활동을 이어가고 있어요. The Chase가 마음에 와닿으셨다면 그의 믹싱 실력을 제대로 뽐낸 Fighting Man(2002)까지 이어서 들어보세요.

사브리나 (Sabrina, 1995)

1996년 2월 3일 개봉, 미국

Moonlight(1995)

스팅(Sting)

'사브리나'라고 하면 올드팬들은 험프리 보가트(Humphrey Bogart), 윌리엄 홀든(William Holden), 오드리 헵번(Audrey Hepburn)이 출연했던 1954년 작품을 많이 떠올리실 겁니다. 1990년대 미국 드라마를 사랑했던 분들이라면 멜리사 조안 하트(Melissa Joan Hart)가 주연했던 〈마법 소녀 사브리나〉(Sabrina, The Teenage Witch, 1996~2003)를 떠올리는 분들도 있을 것 같아요. 소개해 드리는 곡은 시드니 폴락(Sydney Pollack) 감독의 1995년 작 〈사브

내 MP3 속 영화음악

리나〉 사운드트랙에 실려 있습니다.

이 영화는 1954년 작 〈사브리나〉를 리메이크한 작품이에요. 두 명의 남자주인공과 한 명의 여자 주인공이 삼각관계를 이루고 있는데, 영화를 보고 나면 여주인공의 비중이 절반 이상임을 느끼게 됩니다. 그만큼 사브리나라는 캐릭터가 가지는 힘이 큰 것 같아요. 원작 속 오드리 헵번의 사브리나가 대체 불가한 사랑스러운 캐릭터였다면, 리메이크 작품에서 줄리아 오몬드(Julia Ormond)가 연기한 사브리나는 조금 이지적인 느낌이랄까요? 뭔가 또 다른 매력을 가진 캐릭터로 연기하고 있습니다.

스팅의 Moonlight은 영화음악 팬들로부터 그리고 스팅의 팬들로부터 참 많은 사랑을 받은 곡입니다. 스팅의 본명은 이름을 뭐라 불러야 좋을지 고민될 정도로 긴 고든 매튜 토머스 섬너(Gordon Matthew Thomas Sumner)입니다. 스팅은 록 그룹 폴리스(Police)의 베이시스트였지만, 그룹이 해체하면서 1985년에 솔로 활동을 시작하게 되는데 솔로 데뷔 이후에는 기존에 하던 록이 아닌 재즈, 보사노바풍의 곡이 많아졌습니다. 쌉싸름한 고독함과 여운이 남는 목소리가 한국인의 정서와도 잘 맞아서 우리나라에도 많은 팬들이 있었습니다. 폴리스 시절에도 그리고 솔로 전향 이후에도 그의 탄탄한 베이스 연주는 참 일품인데요. 적지 않은 음악 감독들도 그런 스팅의 노래가 영화에 잘 어울린다고 생각했는지 그는 1990년대 들어 〈삼총사〉(The Three Musketeers, 1993), 〈레옹〉(Leon, 1995), 〈라스베가스를 떠나며〉(Leaving Las Vegas, 1996), 〈토마스 크라운 어페어〉(The Thomas Crown Affair, 1999) 사운드트랙에 참여하여 큰 사랑을 받기도 했습니다.

Stars keep secrets as they wander indiscreetly

While the echoes of a song go drifting by

노래의 울림이 서서히 퍼져가는 동안,

별들은 여기저기 떠다니며 비밀을 간직해주네

We must be careful not to lose our way completely

가야 할 길을 잃지 않도록 우리는 조심해야 해

Or the magic that we seek here

We can't be sure will be here

아니면 우리가 찾고 있는 마법이

여기에 있을 거라고 단언할 수 없을 거야

　이 곡이 마음에 와닿으셨다면, 스팅의 히트곡 중 Moonlight
과 분위기가 비슷한 Moon over Bourbon Street(1985), 그리고
Fields of Gold(1993)도 함께 감상해 보세요.

그는 당신에게 반하지 않았다 (He's Just Not That Into You, 2009)
2009년 2월 12일 개봉, 미국

Somewhere Only We Know(2004)
킨(Keane)

2009년에 개봉한 〈그는 당신에게 반하지 않았다〉는 2000년대 끝자락에 개봉한 작품입니다. 2000년대 들어서 우리 생활 속에서 바뀐 모습이 참 많이 있었는데요. 먼저 휴대전화의 대중화가 시작되어 언제 어디서나 연락할 수 있게 되었고요. 1990년대 후반부터 등장한 디지털카메라 역시 대중화면서 필름 카메라는 애호가나 전문가들의 영역만이 남았어요. 지하철과 버스도 전용 카드를 구매하면 차표를 사지 않아도 빠르게

내 MP3 속 영화음악

탈 수 있게 되었습니다. 1990년대 소통의 장이었던 PC통신은 ADSL(Asymmetric Digital Subscriber Line, 2000년대 고속 인터넷 통신 방식)의 보급이 빨라지면서 추억의 공간으로 사라져 갔습니다. 잡지와 소설도 인터넷 속으로 들어가기 시작해서 웹진, 인터넷 소설 같은 새로운 영역이 만들어졌어요. 영화와 관련해서는 일본 도시바社의 HD DVD와 소니社의 블루레이(Blu-ray)가 차세대 표준 DVD로 대결을 벌이면서《내 일기장 속 영화음악》에서 말씀드린 VHS와 베타맥스의 홈 비디오 시장 대결을 떠올리게 만들기도 했습니다. 하지만 이런 세상의 변화와는 달리 2009년은 2008년 미국에서 불어온 경제위기가 우리나라까지 큰 영향을 미쳐서 가계와 사업, 그리고 취업 시장을 얼어붙게 만든 어려운 시기이기도 했습니다. 서두가 참 길었죠? 2009년에 개봉한 영화인 만큼 2000년대 이야기를 한번 정리해 보는 것도 좋겠다는 생각이 들어서 적어봤습니다.

영화는 다양한 커플의 이야기를 하나의 작품 안에 담아내고 있습니다. 먼저 7년째 동거 중인 벤 에플렉(Ben Affleck), 제니퍼 애니스톤(Jennifer Aniston) 커플이 나와요. 남자는 편안하게 지내는 지금이 익숙해져 있지만, 여자는 그가 언제 프러포즈할지 기다린 지 오래입니다. 그리고 부부생활의 권태기가 찾아온 브래들리 쿠퍼(Bradley Coope), 제니퍼 코넬리(Jennifer Connelly) 부부도 나옵니다. 건조하게 지내던 어느 날, 이들 사이에 매력적인 여인 스칼렛 요한슨(Scarlett Johansson)이 끼어들면서 브래들리 쿠퍼는 마음이 흔들리고 말아요. 이외에도 서로에게 연애 코칭을 하다 정이 들어버리는 지니퍼 굿윈(Ginnifer Goodwin), 저스틴 롱(Justin Long) 커플도 나오고, 각자 다른 사람을 좋아하다가 어느새 서로에게 호감을 느끼게 되는 케빈 코넬리(Kevin Connolly), 드류 베리모어(Drew Barrymore)도 출연합니다. 이런 다양한 커플의 이야기를 다루고 있기에 조금 복잡하기도 하지만 젊은이들의 지대한 관심사 중 하나인 연애와 결혼 이야기를 소재로 했고, 할리우드 유명 배우들도 많이 볼 수 있기에 영화는 지루함 없이 흘러갑니다.

이 작품은 2004년에 출간한 동명의 에세이를 원작으로 하고 있어요. 원작은 작가 그렉 버렌트(Greg Behrendt)에게 보낸 연애 고민과 그의 상담 내용을 담고 있어요. 그렉 버렌트는 코미디언이면서 작가로도 활약하여 드라마 〈섹스 앤 더 시티〉 (1998~2004)의 각본에 참여하기도 했습니다. 원작에서 작가는 연애가 마음대로 잘 풀리지 않아 고민을 상담하는 여성들에게 이렇게 이야기합니다. 그런 상황이라면, '그는 당신에게 반하지 않았다'라고 말이죠.

음악은 리지 맥과이어(Lizzie McGuire, 2004)의 음악 감독이었던 작곡가 클리프 에이델먼(Cliff Eidelman)이 맡아서 편안한 음악을 들려주는데요. 그의 음악보다는 영화의 엔딩에 실렸던 영국의 록 밴드 킨 의 Somewhere Only We Know가 기억에 더 많이 남습니다.

And if you have a minute, why don't we go

혹시 시간이 있다면 우리 둘만 아는 곳으로 가서

Talk about it somewhere only we know?

얘기 좀 할 수 있을까요?

This could be the end of everything

이게 마지막이 될지 모르잖아요

So, why don't we go somewhere only we know?

그러니 우리 둘만 아는 곳으로 가면 어떤가요?

Somewhere only we know

우리 둘만 아는 곳으로

이 곡이 마음에 와닿으셨다면 킨 하면 빼놓을 수 없는 Everybody's Changing(2003)도 놓치지 마세요.

헨리의 이야기 (Regarding Henry, 1991)
1992년 2월 15일 개봉, 미국

Central Park, 6pm(1991)
한스 짐머(Hans Zimmer)

아침에 일찍 일어나 일터로 나가서 저녁 늦게나 집으로 돌아오는 수많은 가장들은 가족을 위해 그렇게 살지만, 아이러니하게도 그렇게 생활해야 하기 때문에 가족에겐 소홀해지는 경우가 많습니다. 그래서 자녀들은 성인이 되어서야 부모님이 왜 그렇게 살 수밖에 없었고, 아버지는 주말에 그렇게나 누워서 잠을 잤었는지를 이해할 수 있게 됩니다. 영화 속 주인공 헨리도 그런 사람 중 한 명입니다. 물론 성공을 위해 잘못인 줄 알면

서도 앞만 보고 나간 점이 조금 다르다고 할까요? 남부러울 것
없이 승승장구하던 변호사 헨리는 갑작스레 총상을 입어 스스
로 할 수 없는 것들이 많아지면서 가족의 소중함을 다시 느끼
게 됩니다. 그리고 옳지 않은 행동임을 알지만, 돈을 위해서라
면 변호할 수밖에 없었던 지난 시간을 생각하게 되죠. '삶의 행
복이란 무엇일까?' 이런 질문을 스스로 던져보기 정말 좋은 영
화입니다.

해리슨 포드(Harrison Ford), 아네트 베닝(Annette Bening)이 주연
을 맡았고 각본은 우리나라에서 '쌍제이'라는 애칭으로도 불렸
던 J.J. 에이브럼스(J.J. Abrams)가 썼습니다. 감독은 〈워킹 걸〉
(Working Girl, 1988)의 마이크 니콜스(Mike Nichols), 음악은 한스
짐머가 맡았어요. 〈헨리의 이야기〉는 영화도 좋았지만, 음악
이 참 좋습니다. 원래 음악은 프랑스의 영화음악가 조르쥬 들
르뤼(George Delerue)가 맡았었어요. 조르쥬 들르뤼는 당시 이미
영화음악에서 거장의 위치에 있던 작곡가였는데요. 하지만 그
의 곡이 영화의 분위기와 잘 맞지 않다는 이유로 중간에 음악감
독이 교체되었어요. 그리고 당시 〈레인 맨〉(Rain Man, 1988), 〈블

랙 레인〉(Black Rain, 1990)을 통해 영화음악가로 자리를 잡아가던 한스 짐머가 사운드트랙을 담당하게 되었어요. 조르쥬 들르뤼는 1960년대 영화음악을 시작했던 다른 영화음악가들처럼 정통 클래식에서 음악을 시작했기에 서정적이며, 감성적인 실내악이나 오케스트라 음악이 많아요. 하지만 전자음악으로 대중들의 눈에 띄기 시작한 한스 짐머는 그 결이 달랐습니다. 그리고 마이크 니콜스 감독은 그 점이 영화와 더 잘 어울린다고 판단했던 것 같아요. 그리고 그가 만든 곡들은 스스로 일상생활을 할 수 없게 된 주인공 헨리가 작은 것 하나하나에서 자신을 다시 찾아가는 마음을 관객들에게도 전해주는 멋진 음악들이었습니다.

이 곡이 마음에 드셨다면 비슷한 시기 한스 짐머의 곡 〈그린 카드〉(Green Card, 1990) 중에서 Cafe Afrika(1990)도 함께 감상해 보세요.

사랑도 통역이 되나요? (Lost In Translation, 2003)
2004년 2월 20일 개봉, 미국

Alone In Kyoto(2003)
에어(Air)

앞서 〈봄날은 간다〉를 소개해 드리면서 우리말 제목과 영어 제목이 다른 경우를 말씀드렸는데요. 이번에는 거꾸로 영어 제목과 우리말 제목이 다른 경우입니다. '번역 중 길을 잃다, 번역에 무언가 빠졌다' 정도로 해석되는 원제목인 〈Lost In Translation〉이 우리나라에 개봉하면서 〈사랑도 통역이 되나요?〉로 변했는데요. 번역 제목이 원제목과 차이가 크고 영화와도 괴리감이 있다는 분도 많지만, 저는 번역된 제목을 더 좋아합니다. 물

내 MP3 속 영화음악

론 영화와 제목을 떼어 놓고 순수하게 두 제목만 비교해 볼 때 말이죠. 이 작품 말고도 번역한 제목을 더 좋아하는 작품들이 있는데요. 주인공의 이름을 딴 〈부치 캐시디와 선댄스 키드〉 (Butch Cassidy and the Sundance Kid, 1969) 라는 원제를 〈내일을 향해 쏴라!〉로 번역한 것과 〈보니와 클라이드〉(Bonnie and Clyde, 1967)라는 원제를 〈우리에게 내일은 없다〉로 번역한 제목을 참 좋아했었습니다. 이 제목은 영화와도 잘 어울리고 개인적으로는 원제를 뛰어넘었다는 생각이 들어서 누가 이렇게 번역을 잘 했을까 궁금하기도 했었어요. 하지만 어른이 되어서 그 좋은 기억은 많이 퇴색되고 말았습니다. 예전에는 미국에서 일본으로 영화필름 사본이 건너왔고 이 사본이 다시 우리나라로 들어왔다 해요. 그리고 일본 개봉 명이 '明日に向って?て!(내일을 향해 쏴라!)', '俺達に明日はない(우리에게 내일은 없다)' 라는 실망스러운 사실을 알게 되었습니다. 그래서 이 작품도 혹시 일본에서 건너온 제목인가 하고 찾아봤었는데요. 다행히도 일본에서는 원제목 그대로인 '로스트 · 인 · 트란스레이션(Lost In Transla-tion)'으로 개봉했었습니다. 하지만 재미있는 점은 이 제목 역시

도 2000년에 개봉한 존 쿠삭(John Cusack) 주연의 〈사랑도 리콜이 되나요?〉(High Fidelity)에서 힌트를 얻은 제목인 것 같다는 것입니다. 비슷한 제목이지만 사랑과 '리콜'이 연결되는 제목은 보다는 '통역'이 들어가니 어딘가 모르게 낭만적인 구석이 있는 것 같아요.

오랜 시간 스타로 지내온 밥은 주류광고 촬영차 도쿄로 출장을 떠납니다. 그리고 출장 동안 묵기 위해 잡아둔 호텔에서 사진작가인 남편을 따라 일본에 온 샬롯을 만나게 돼요. 중년의 나이에 접어든 밥과 결혼한 지 2년이 된 샬롯은 나이 차이가 꽤 있음에도 서로의 공허함을 채워줄 수 있는 친구로 여기며 가까워지기 시작합니다. 영화를 보고 나면 서양인들이 동양인을 바라보는 시선이라든가, 중년남성과 젊은 여성의 만남이라든가 분명 어딘가 불편한 구석이 있지만, 이 작품은 소피아 코폴라 (Sofia Coppola) 감독에게 아카데미 각본상, 골든 글로브 각본상, 작품상을 안겨주었습니다. 그 이유는 누구나 한 번쯤 마주하게 되는 삶 속의 공허함, 그리고 일탈이라는 주제에 공감하는 분들도 많았기 때문이었다고 생각합니다.

저는 영화보다 음악이 참 좋았는데요. 그중에서 샬롯 혼자 교토 여행을 갔을 때 흐르는 Alone In Kyoto가 인상적입니다. 음악을 작곡한 Air는 프랑스의 일렉트로니카 밴드입니다. 니콜라스 고댕(Nicolas Godin), 장 베누아 뒹켈(Jean-Benoît Dunckel) 이렇게 두 멤버로 구성되어 있어요. 1998년에 데뷔한 Air는 소피아 코폴라 감독의 데뷔작 〈처녀 자살 소동〉(The Virgin Suicides, 1999)의 사운드트랙에도 참여했고, 이후 소피아 코폴라 감독의 두 번째 작품인 이 작품에도 음악이 실리게 되었습니다. 이 곡이 마음에 와닿으셨다면 같은 사운드트랙 중에서 케빈 쉴즈(Kevin Shields)의 Are You Awake(2003)도 함께 감상해 보세요.

8 마일 (8 Mile, 2002)
2003년 2월 21일 개봉, 미국

Lose Yourself(2002)
에미넴(Eminem)

2003년 드디어 힙합에서 아카데미 주제가상이 나왔습니다. 힙합은 1970년대에 탄생한 음악이지만 20세기에는 아카데미 주제가상과는 인연이 없었는데요. 그만큼 보수적인 사람들에게까지 음악의 주류로 인식되는데 많은 시간이 걸린 것 같습니다. 힘이 없어서 소외당했다는 느낌이 쌓이고 그것이 오랜 시간 사람들의 마음을 지배하게 되면 그것은 울분이 되고 결국 한으로 남게 됩니다. 우리는 그것을 소리에 녹여냈지만, 미국에 살

내 MP3 속 영화음악

던 흑인들은 그것을 힙합에 녹여낸 것 같아요. 힙합은 우리의 소리와 비슷한 점이 있지만, 보다 직선적이며 조금은 과격하기도 합니다. 지금은 많이 생각이 변했지만, 과거에는 무조건 백인은 부유층에 고학력자들이 많고, 흑인은 그렇지 않을 것 같은 일종의 편견이 있었는데요, 영화를 보면 사람이 살아가는 세상은 어디나 똑같음을 알 수 있어요. 어디든 다수는 소수를 무시하고 힘이 없는 약자는 소외되는 세상이라는 것을요.

　하루를 누구보다 열심히 살고 있지만 언제나 제자리인 현실을 버텨내고 있는 한 백인 청년 지미, 별칭 래빗이 8마일의 주인공입니다. 어린 여동생 그리고 자신보다 철이 덜 든 남자와 동거하는 엄마를 보면 세상은 갑갑하기만 합니다. 그와 동시에 래퍼가 되고 싶은 간절한 꿈은 도저히 이뤄지지 않을 것 같다는 생각이 마음속을 채워만 갑니다. 버릇처럼, 본능처럼 지미의 발은 디트로이트의 한 공장을 향하고 늘 그렇듯 구부정한 어깨를 하고 고개를 떨구며 출근길에 나섭니다. 그러던 어느 날 친구로부터 흑인들의 랩 배틀장, '디트로이트 8마일 313구역'을 알게 되면서 한 청년의 울분과 한(恨) 그리고 분노는 어느덧 꿈으로 바뀌어 45초의 랩 안으로 모든 것을 쏟아내기 시작합니다.

이 영화는 1990년대 후반에 가요계에 등장하여 2000년대 최고의 백인 래퍼로 불렸던 에미넴(Eminem)의 자전적인 이야기를 스크린에 담은 작품입니다. 본인이 직접 주연도 맡고 있어요. 에미넴의 곡은 욕설이 많아서 당시 미국 현지에서도 그의 음악을 듣는 학생들의 부모님이 탐탁지 않아 했던 뮤지션이기도 합니다. 그래도 그의 랩핑을 들으면 찰지면서도 뭔가 시원한 구석이 있는데요. 바로 그런 점이 오랫동안 사랑받은 이유인 것 같습니다. 주연을 맡은 에미넴이 직접 부른 주제가 Lose Yourself는 힙합 장르 최초로 12주 동안 빌보드 정상을 차지했으며 오스카상을 물론 그래미상까지 받은 그의 대표곡 중 하나가 되었습니다.

Look, if you had one shot or one opportunity

이봐, 네게 딱 한발의 총알이 있거나

단 한 번의 기회가 주어진다면

To seize everything you ever wanted in one moment

늘 원했던 모든 것을 한순간에 얻을 수 있다면

Would you capture it or just let it slip?

그 기회를 잡을 건가 아니면 그냥 놔둘 건가?

이 곡이 마음에 와닿으셨다면 영화의 후반부에 등장하는 갱스타(Gang Starr)의 Battle(2002)도 함께 감상해 보세요.

프리쳐스 와이프 (The Preacher's Wife, 1996)

1997년 2월 22일 개봉, 미국

I Believe In You And Me(1983)

휘트니 휴스턴(Whitney Houston)

I believe in you and me

나는 우리를 믿어요

I believe that we will be in love eternally

영원히 사랑 안에 함께할 거라고 믿고 있어요

As far as I can see

내가 느낄 수 있는 한

You will always be, the one, for me

내 MP3 속 영화음악

당신은 언제나 나를 위한 그 한 사람이 될 거예요

Oh, yes, you will,

맞아요 당신은 그럴 거예요

And I believe in dreams again

나는 다시 꿈을 믿고 있어요

I believe that love will never end

이 사랑이 절대 끝나지 않을 거라 믿고 있어요

And like the river finds the sea

강이 바다를 찾아 흐르듯이

I was lost, now I'm free

나는 길을 잃었지만, 이제는 자유로워요

Cos'I believe in you and me

왜냐면 당신 그리고 나를 믿기 때문이죠

이 작품은 성탄절을 배경으로 하고 있지만, 우리나라에는 겨울이 다 끝나가는 2월 말에 개봉했습니다. 제목에서 알 수 있듯 영화에는 목사님 부부가 등장해요. 재즈클럽에서 가수 생활을 하다 목사님과 결혼한 줄리아는 결혼 이후 교회 일과 성가대, 봉사활동에 많은 시간을 보내게 됩니다. 목사님의 아내로 사는 것이 뿌듯하기도 하고 기쁘기도 하지만 어딘가 모르게 한 여자로서의 결혼생활은 별로 즐겁지 못하다는 생각을 자주 하게 됩니다. 그러던 그녀에게 더들리라는 부드러운 성격에 잘생긴 남자가 한 명 나타납니다. 성탄절이 가까워지면서 헨리 목사님은 더욱 바빠지고 더들리는 이들 부부, 특히 줄리아를 돕기 시작합니다. 사실 더들리는 이들 부부를 도우려고 천국에서 내려온 천사였기 때문인데요. 더들리는 조금 소원했던 부부 사이, 그리고 부모와 아이들의 관계를 회복시킨 후 성탄절 이브에 이들의 기억 속에 자신을 모두 지우고 사라집니다. 영화에는 휘트니 휴스턴이 직접 노래를 부르는 장면들이 많이 나오는데요. 그중에서 I Believe In You And Me가 참 좋습니다. 이 곡은 로큰롤 명예의 전당에 입성한 그룹 포 탑스(Four Tops)가 부른 곡인데요. 수많은 히트곡을 만든 프로듀서 데이빗 포스터는 이 곡을 잘 편곡하였고, 리메이크의 여왕이라는 별명도 가지고 있는 휘트니 휴스턴인 만큼 이 곡을 다시 불러 원곡보다 더 많은 인기를 받아 빌보드 차트 4위에 올려놓았습니다. 이 곡이 마음에 와닿으셨다면, 휘트니 휴스턴-데이빗 포스터가 만든 영화 음악의 명곡 〈보디가드〉 중에서 I Have Nothing(1992)도 함께 감상해 보세요.

드림걸즈 (Dreamgirls, 2006)

2007년 2월 22일 개봉, 미국

Dreamgirls(1981)

더 드림즈(The Dreams)

　이 작품은 1981년에 초연한 후 여섯 개 부문에서 토니상을 받은 동명의 뮤지컬을 영화로 만든 작품이에요. 1960년대 최고의 걸그룹 중 하나였던 슈프림즈(The Supremes)의 실제 이야기를 조금 더 극적으로 각색한 내용입니다. 함께 같은 꿈을 가지고 경쟁하는 사람들 사이에는 언제나 빛과 어두움이 함께 존재하죠. 하지만 유독 누군가 한 사람에게만 환한 스포트라이트가 집중된다면 그만큼 어두운 곳에 서 있을 수밖에 없는 나머지 사람들

　　　　　　　　　　　　　　　내 MP3 속 영화음악

은 조금씩 소외감을 느낄 수밖에 없게 됩니다. 영화의 실제 모델인 슈프림즈 역시 데뷔 6년 후엔 다이아나 로스와 슈프림즈(Diana Ross & the Supremes)로 그룹명을 바꾼 것을 보면 이야기의 흐름이 대충 짐작이 가능합니다.

영화에는 무대 위에서 마음껏 노래하고 싶은 꿈을 가진 세 사람 디나, 에피, 로렐이 주인공으로 나옵니다. 그리고 세 사람의 조력자면서 쇼비즈니스로 성공을 꿈꾸는 커티스가 등장합니다. 하지만 연인인 커티스와 에피 사이가 팀 동료 디나로 인해 조금씩 벌어지기 시작하고 대중의 관심 역시 디나에게 집중되면서 함께 꿈을 꾸던 팀원 사이의 갈등은 되돌리기 힘들 만큼 벌어지게 됩니다. 가수의 이야기를 다루었기에 영화에는 화려한 무대와 좋은 곡들이 줄을 잇습니다. 영화 개봉 전 무명에 가까웠던 배우 제니퍼 허드슨(Jennifer Hudson)은 I'm Telling You I'm Not Going을 통해 무명 배우에게 별로 기대가 없던 관객들을 압도했고, 디나역을 맡은 비욘세(Beyoncé)는 Listen이라는 명곡을 남기며 역시 비욘세라는 찬사를 보낼 수밖에 없게 만들었어요. 이렇게 드림걸즈 사운드트랙에는 좋은 곡들이 많지만 저는 세 명이 함께 부르는 곡들을 좋아합니다. 소개해 드리는 Dreamgirls는 극 초반, 인기 가수 제임스의 코러스 가수였던 세 사람이 드디어 '더 드림즈'라는 이름의 그룹으로 데뷔 무대를 가질 때 흐르는 곡입니다.

Every man has his own special dream

누구나 자신만의 특별한 꿈을 가지고 있지

And your dreams just about to come true

그리고 너의 꿈이 곧 이루어지려고 해

Life's not as bad as it may seem if you

삶이란 네가 생각하는 것만큼 나쁘지는 만은 않아

Open your eyes to what's in front of you

눈을 뜨고 네 앞을 바라봐

We're your dreamgirls

우린 너의 드림걸즈야

드림걸즈는 실사판 〈미녀와 야수〉(Beauty and the Beast, 2017),

〈위대한 쇼맨〉(The Greatest Showman, 2017)을 연출한 빌 콘돈(Bill Condon) 감독이 연출을 맡았고 제이미 폭스(Jamie Foxx), 에디 머피(Eddie Murphy), 대니 글로버(Danny Glover) 등 유명 흑인 배우들이 출연하여 열연을 펼쳤습니다. 그리고 원작 뮤지컬보다 화려한 영상미와 원작에는 없었던 노래들도 추가하여 뮤지컬과는 또 다른 재미를 주었어요. 더 드림즈의 모델이 된 실제 걸그룹 슈프림즈는 결성 당시부터 서로 사이가 좋지 않았고 해체 이후, 에피역의 실제 모델이었던 플로렌스 발라드(Florence Ballard)는 생활고로 33세의 젊은 나이에 세상을 떠났다고 해요. 하지만 영화에서는 실제 이야기와는 조금 달리 멤버들이 화해하면서 서로의 우정을 다시 다지는 훈훈한 모습으로 마무리 짓고 있습니다. 이 곡이 마음에 와닿으셨다면 후반부에 등장하는 Hard to Say Good Goodbye(1981)도 함께 감상해 보세요.

국화꽃 향기 (The Scent Of Love, 2003)
2003년 2월 28일 개봉, 한국

희재(2003)
성시경

　겨울 편의 마지막 작품은 윤년이 아니라면 2월의 마지막 날인 2월 28일에 개봉한 〈국화꽃 향기〉입니다. 이 작품은 소설가 김하인 님이 2000년에 출간한 동명의 소설을 영화로 만든 작품이에요. 원작소설이 큰 사랑을 받아 영화로 만들어졌고, 드라마 〈가을동화〉(2000) 제작에 영향을 주기도 했습니다. 《국화꽃 향기》 1권은 100만 부가 넘게 판매가 되면서 당시 큰 사랑을 받았고, 이후 2002년, 2003년 연이어 후속편이 나와 3부작으로 구

　　　　　　　　　　　　　　　내 MP3 속 영화음악

성되어 있습니다. 하지만 영화로 만들어진 1권이 가장 많은 사랑을 받았는데요. 그 이유는 미주와 승우의 대학 시절부터 결혼에 이르기까지의 이야기 그리고 안타깝게도 미주에게 무서운 병이 생기게 되면서 인생을 되돌아 볼 수밖에 없는 슬픈 이야기를 다루었기 때문일 거예요.

이 작품은 거의 원작을 그대로 담고 있습니다. 다만 등장인물의 이름이 원작과 달라졌습니다. 여주인공인 미주는 희재로, 남주인공인 승우는 인하로 바뀌었습니다. 영화를 보다 보면 인간의 삶에서 건강이 얼마나 중요한지를 다시 한번 깨닫게 됩니다. 남녀 간의 사랑 그리고 가족과의 사랑이 주제이긴 하지만 저는 건강이야말로 모든 인간사의 기초와 기반이 되는 것이라는 생각이 들었어요. 어릴 적 교문 위에 '체력은 국력'이라고 쓰여 있던 현수막이 걸려있었습니다. 초등학생이던 저는 이게 무슨 말인지 와닿지 않았었거든요. 꼭 거창한 국력까지는 아니더라도 미래를 꿈꾸어 보려면 체력과 건강이 바탕이 되어야 한다는 것을 날이 갈수록 체감하고 있습니다. 또한 이 작품에 몰입할 수밖에 없는 건 희재역을 맡은 장진영 배우가 개봉 후 6년 뒤, 영화에서와 같은 병에 걸려 세상을 떠났기 때문이에요. 촬영 당시 서른이었던 장진영 님의 맑고 예쁜 모습과 병으로 고통스러워하는 모습이 겹쳐지면서 영화를 보고 나면 그 안타까움이 더해집니다.

영화의 영어 제목은 〈The Scent of Love〉(사랑의 향기)입니다. 극 초반에는 국화꽃 향기가 나는 사람, 희재에게 반하는 인하의 모습이 나옵니다. 그리고 영화 중반, 희재의 병이 심해지면서 인하의 향수 냄새를 부담스러워하는 장면이 나옵니다. 후반에는 향수 대신 사랑의 향기가 나는 사람이 된 인하의 모습이 그려집니다. 영화를 보며 다시금 생각해 봅니다. 사람은 처음부터 다른 사람의 내면을 들여다볼 수 없기에 처음에는 겉으로 보여지는 모습이나 화장품 혹은 향수가 전해주는 향기에 먼저 고개를 돌리지만, 시간이 지날수록 내면이 더 중요하다는 것을요. 결국 그 내면에서 퍼져 나오는 향기가 좋아야 오랜 시간 다른 이들을 끌리게 할 수 있을 겁니다.

영화의 주제가 희재는 너무나 잘 알고 있듯 발라드의 황태자 성시경 님이 불렀습니다. 이 곡은 영화와 함께 큰 사랑을 받았는데요. 이후 서른 명에 가까운 가수들이 커버할 정도였습니다. 다시 부른 분들 모두 실력파 가수였지만 개인적으로는 원곡을 넘어서진 못한 것 같습니다.

> 햇살은 우릴 위해 내리고 바람도 서로를 감싸게 했죠
> 우리 웃음 속에 계절은 오고 또 갔죠
> 바람에 흔들리는 머릿결 내게 불어오는 그대 향기
> 예쁜 두 눈도 웃음소리도 모두가 내 것이었죠

《내 일기장 속 영화음악》에서 Greatest Love of All 소개를 드린 적이 있었습니다. 휘트니 휴스턴은 분명 원곡 보다 더욱 드라마틱하게 잘 불렀지만, 그것은 조지 벤슨의 원곡을 참고해서 본인의 해석으로 부른 것이라는 생각이 들어요. 하지만 조지 벤슨은 알리가 직접 출연한 영화 〈그레이티스트〉와 어울리게, 신념을 가지고 날리는 묵직한 펀치와 걸맞게, 덤덤하면서도 깊은 맛이 나게 해야 한다고 생각하며 불렀을 것 같아요. 이 곡도 마찬가지입니다. 다른 아티스트들의 곡도 물론 대단히 훌륭합니

다. 하지만 원곡자는 곡을 대하는 생각이 달랐을 것입니다. 최소한 의뢰 받은 곡이 쓰일 영화가 어떤 내용인지 정도는 물었을 것이 분명합니다. 그리고 자신이 부르는 노래에 희재의 마음을 담아 보려 노력했을 것입니다. 이것이 바로 삽입곡과는 다른 오리지널 송(영화를 위해 만들어진 노래)이 가지는 매력이고, 영화음악이 존재하는 이유라고 생각해요. 이 곡이 마음에 와닿으셨다면 애니메이션 〈마리이야기〉(2002) 중에서 성시경 님의 내 안의 그녀(2001)도 감상해 보세요.

봄 spring

3, 4, 그리고 5월에 개봉한 영화음악 이야기

길게만 느껴졌던 겨울의 기운이 조금씩 사라져가면 더 이상 눈이 아닌 비가 내리기 시작합니다. 겨울철 그렇게 단단하게 얼어있던 얼음도 거짓말처럼 녹아내리고, 어느덧 풀들도, 새싹들도 힘을 내어 세상 밖으로 고개를 내밀어요. 더욱 선명하게 들려오는 새소리, 흐르지 않던 계곡물 소리가 들려오면서 봄이 찾아왔음을 느끼게 됩니다. 노란 개나리꽃이 피고 매화나무, 벚나무도 꽃을 피우기 시작하면 사람들은 밖으로 나와 꽃구경을 하며 봄 기분을 제대로 즐기기 시작합니다.

겨울에는 좋은 곡이 실린 영화들이 많이 개봉했었기에 겨울의 이야기가 제일 길었습니다. 의도한 것은 아니지만, 겨울이 길게 다가오는 건 우리의 삶과 참 비슷하다는 생각이 들었습니다. 살다 보면 겨울처럼 차가운 시간이 우리를 찾아옵니다. 그럴 때면 왜 그렇게 그 시간이 춥고 길게만 느껴지는지요. 두꺼운 외투를 입고, 장갑을 끼고 모자에 방한화를 신어도 찬바람이 몸을 파고들어 마음마저 얼어붙게 만들었던 그때, 꽝꽝 얼어 도저히 깨지지 않을 것 같은 얼음을 서서히 비춰오는 따사로움이 조금씩 녹여주는 봄. 그 봄이 짙어지면 따사로움이 점점 더해져 작은 연두색 이파리가 푸르러지고 부대끼던 옷차림도 조금씩 가벼워집니다. 그리고 닫혀 있던 마음도 어느샌가 조금씩 풀리는 것만 같은 기분마저 듭니다. 여름을 제일 앞에 배치했던 건 여름이 제가 가장 좋아하는 계절이기 때문이기도 했지만, 추운 겨울을 지나 계절의 여왕 봄을 맞이하는 따스한 마무리를 짓고 싶어서이기도 합니다. 우리의 앞날에도 이런 봄날 같은 시절이 자주자주 찾아왔으면 좋겠습니다. 그럼 봄에 우리를 찾아온 영화음악을 만나러 가보겠습니다.

In Bicicletta - Luis Bacalov

Maléna - Ennio Morricone

Katya - Jerry Goldsmith

My Name Is Nobody - Ennio Morricone

The Heart of Hero - Luther Vandross

Main Title - John Powell

The Throne Room and End Title - John Williams

Prologue - John Williams

If You Leave Me Now - Chicago

Love Theme - Burt Bacharach

일 포스티노 (Il Postino, 1994)
1996년 3월 9일 개봉, 이탈리아, 프랑스, 벨기에

In Bicicletta(1994)
루이스 바칼로프(Luis Bacalov)

1990년대 중반, 머지않아 전자우편이 나올 것이라는 이야기
가 돌았습니다. 전자우편이라는 개념이 당시는 이해가 안 되기
도 했지만, 텔레비전이 나올 때 라디오가 모두 사라질 것이라
는 걱정. 그리고 팩시밀리가 나올 때 우편은 사라질 것이라는
우려처럼 그냥 사람들의 괜한 걱정이라고 생각했습니다. 하지
만 2000년대 들어 정말로 전자우편이 현실로 다가왔고, 편지는
정말 사라져서 우편함에는 편지와 엽서 대신 각종 요금명세서

내 MP3 속 영화음악

와 광고만 꽂혀가기 시작했습니다. 먼 곳에 사는 친척, 방학이면 못 만나는 친구의 소식이 편지를 통해 전해져 오기도 하고, 연말이 되면 연하장, 성탄절이 되면 크리스마스 씰이 붙어 있는 성탄절 카드, 이따금 전보가 찾아오기도 했지만 이제 진짜 볼 수 없게 되었어요. 지금은 빨간 우체통을 보면 그냥 지나갈 때가 많지만, 우표를 붙여 편지를 부쳐야 했던 시절 빨간 우체통은 먼 곳으로 나가는 하나의 출구였습니다.

영국의 시나리오 작가이자 영화감독인 마이클 래드포드(Michael Radford)의 대표작 〈일 포스티노〉는 이탈리아어로 집배원이라는 뜻이에요. 이탈리아 작은 섬마을에 태어난 마리오는 섬마을 여느 아이들처럼 어부의 아들로 태어납니다. 아버지의 일을 이어가기도 싫고 마땅히 하고 싶은 일도 찾지 못한 마리오는 백수처럼 시간을 보내게 됩니다. 그러던 어느 날 마리오는 칠레에서 이탈리아로 망명한 시인 파블로 네루다(Pablo Neruda)에게 편지를 배달해주는 구인 광고를 보게 돼요. 네루다는 유명 정치인으로 이념 문제 때문에 망명한 것인데, 시를 짓는 실력이 빼어나서 많은 이들에게 팬레터가 날아들었고 이를 배달하는 일을 맡게 된 것이었어요. 마리오는 네루다에게 오는 편지를 배달하면서 자연스레 점점 그와 가까워지게 됩니다. 거기에다 마음에 드는 여인 베아트리체를 만나게 되면서 당장은 연애편지를 잘 쓰기 위해 시에 관심을 가지기 시작합니다.

마리오 역에는 이탈리아 배우 마시모 트로이시(Massimo Troisi), 네루다 역에는 〈시네마 천국〉에서 알프레도 할아버지를 연기했던 필립 느와레(Philippe Noiret)가 맡아서 누군가의 멘토로서의 역할을 이번에도 참 잘해냈습니다. 이 작품은 실존 인물인 파블로 네루다를 모델로 하고 있습니다. 사회주의 정치가이면서, 시인이기도 한데요. 시로 노벨문학상까지 받은 비범한 인물입니다. 원작 소설은 칠레의 소설가 안토니오 스카르메타(Antonio Skarmeta)가 쓴 소설, 《네루다의 우편배달부》(Ardiente Paciencia; 불타는 인내, 1985)입니다. 원작과 영화는 배경도 결말도 조금씩 차이가 있지만 큰 감동을 주는 건 마찬가지입니다.

나의 삶을 감싸고 있는 아름다움을 기록하는 영화의 아름다움도 참 좋았지만, 음악도 좋습니다. 그중에서 메인테마 격인 In Bicicletta가 참 좋은데요. 이 곡의 영어 제목은 그냥 Bicycle

인데요. 원제목을 해석하면 By Bicycle이 됩니다. 우리말로 바꾸면 '자전거를 타고' 정도가 될 것 같아요. 그냥 '자전거'보다는 '자전거를 타고'라는 제목이 조금 더 영화와 잘 어울려 보입니다. 영화음악 팬이라면 아마도 이 곡을 듣고 떠오르는 프로그램이 있으실 건데요. 25년간 한결같이 영화음악의 진수를 보여주었던 CBS 라디오 〈신지혜의 영화음악〉(1998~2023)입니다. 오랜 시간 CBS 라디오의 영화음악 프로그램 시작을 알리는 시그널로 이 곡이 사용되고 있기 때문이죠. 국내 최장수 영화음악 방송으로 기록된 프로그램인데요. 대학생 때 처음 접했던 방송이 중년 아저씨가 되어서 마쳤을 때, 고향 집이 없어진 것 같은 허전한 마음이 들었습니다. 언제나 함께일 것만 같았던 프로그램이 이제는 추억 속에서만 살아있는 방송이 되었네요. 그래서인지 In Bicicletta는 듣고 있노라면 아련한 추억들이 떠오르는 느낌이 많이 듭니다.

말레나 (Maléna, 2000)

2000년 3월 10일 개봉, 이탈리아

Maléna(2000)

엔니오 모리꼬네(Ennio Morricone)

이탈리아의 모델 겸 영화배우 모니카 벨루치(Monica Bellucci)

주연의 2000년 작 말레나는 전쟁 때문에 큰 역경을 겪는 한 여

인의 이야기를 그리고 있습니다. 영화는 여성에 대한 호기심으

로 가득 찬 사춘기 소년 레나토의 눈을 통해 간접적으로 전해

주는 방식을 취하고 있어요. 이탈리아의 한 시골 마을에서 행

복하게 살고 있던 말레나는 남편이 세계 2차 대전에 징집되면

서 외로운 나날을 보내게 됩니다. 하지만 남편 니노의 전사 통

지서가 날아들고 그녀는 생계를 위해 어쩔 수 없이 웃음을 팔기 시작합니다. 이 작품을 보다 보면 말레나가 회심하기까지 가슴 아프게 만드는 내용들이 나옵니다. 형편이 어려운 말레나에게 다른 것을 요구하며 희롱하는 남자들, 그리고 돈과 명예 때문에 딸에게 등을 돌리는 아버지…. 그런 모습들을 보면 참으로 사람이란 별것이 없다는 생각을 하게 됩니다.

극 초반에는 멀리서 말레나를 여자로서 흠모하는 소년 레나토의 코믹한 행동들이 주를 이루고 있습니다. 하지만 중반을 넘어가면서 전쟁이라는 비극의 아픔과 군중심리의 변화를 잘 표현하고 있어요. 주연을 맡은 모니카 벨루치는 〈라빠르망〉 (L`Appartement, 1996)을 통해 빠져들게 만드는 절정의 미모로 우리나라에서도 큰 사랑을 받았는데요. 〈말레나〉에서는 30대 중반에 들어섰음에도 여전한 모니카 벨루치의 미모와 좋은 연기도 볼 수 있습니다. 아련한 연출에 일가견이 있는 주세페 토르나토레(Giuseppe Tornatore)감독은 시네마 천국, 피아니스트의 전설에 이어 잔향 가득한 아련한 결말을 다시 한번 보여줍니다.

음악은 주세페 토르나토레의 음악파트너 엔니오 모리꼬네가 맡았습니다. 2000년 작품이기 때문에 이미 노년에 접어든 거장의 음악을 감상하실 수 있는데요. 엔니오 모리꼬네가 주인공 소년 레나토와 비슷한 나이었을 때 2차 세계대전을 겪은 만큼, 아마도 주인공 소년의 입장에 몰입해서 음악을 썼을 것 같습니다. 말레나가 혼자 집에서 남편을 그리워하며 춤을 출 때 나오는 곡 Ma L'Amore No(1943)가 유명하지만, 이 곡은 엔니오 모리꼬네의 곡이 아니라 이탈리아 가수 리나 테르미니(Lina Termini)의 곡을 편곡한 것이라서 메인테마 Maléna를 소개해 드립니다. 영화에 실린 곡도 좋지만 열여덟 번의 그래미상을 받은 첼리스트 마요요(馬友友, Yo-Yo Ma)의 연주버전이 저는 가장 좋은 것 같습니다.

이 곡이 마음에 와닿으셨다면 2차 세계대전을 배경으로 한 프랑스 영화감독 크리스찬 카리온(Christian Carion)의 2015년 작 〈5월은, 하고 싶은 대로 해라〉(En Mai Fais Ce Qu'il Te Plait) 중에서 À La Recherche De La Paix(평화를 찾아서)를 감상해 보세요. 2015년에 나온 곡이니까 음악 생활을 마무리하던 때의 곡인데요. 듣다 보면 거장의 인생을 담은 곡처럼 들립니다. 트럼펫터로 음악을 시작한 그의 음악 인생처럼 트럼펫으로 시작해 현을 차곡차곡 올려 쌓는 거장의 주특기를 만나실 수 있는 멋진 곡입니다.

러시아 하우스 (The Russia House, 1990)

1992년 3월 25일 개봉, 미국

Katya(1990)

제리 골드스미스(Jerry Goldsmith)

앞서 〈토탈 리콜〉에서도 말씀드린 것처럼 제리 골드스미스는 호러, SF와 어울리는 곡들을 많이 썼습니다. 하지만 재즈풍의 곡들도 여럿 만들었는데요. 그중에서 〈러시아 하우스〉를 소개해 드리려 합니다. 이 작품은 실제로 정보기관에서 일했던 경험을 바탕으로 여러 첩보소설을 출간한 영국의 작가 존 르 카레(John Le Carre)가 1989년에 발표한 동명의 소설을 원작으로 하고 있습니다. 존 르 카레의 작품들은 실제 경험을 바탕으로 한 첩보원 생활을 소설 속에 현실적으로 담고 있기에 영화로 만들고자 하는 감독들이 계속 나타났어요. 2011년에는 《팅커 테일러 솔저 스파이》(Tinker Tailor Soldier Spy, 1974 출간), 2014년에는 《모스트 원티드 맨》(A Most Wanted Man, 2008년 출간) 이 영화로 만들어졌습니다.

러시아 하우스는 숀 코네리(Sean Connery), 미셸 파이퍼(Michelle Pfeiffer)가 주연을 맡았습니다. 영화에는 소련의 로켓 관련 문서를 작성한 야코프에게 기밀정보를 얻으려 하는 영국의 첩보원, 발리가 등장합니다. 그리고 첩보 활동 중 발리는 우연한 계기로 아름다운 소련 여인 카챠를 알게 됩니다. 언제나 그렇듯이 관객들의 예상대로 발리가 카챠를 사랑하게 되면서, 국가와 사랑 중 어디를 향해 나아가야 할지 선택해야만 하는 갈림길에 서게 됩니다. 영화를 보면 러시아의 소련 시절 정보기관인 KGB가 나오는데요. 제 또래 이상인 분이라면 냉전 시대 KGB라는 이름이 뉴스에 많이 나왔던 것을 기억하실 겁니다. 당시는 어린이들도 아는 이름이었는데요. 몇 년 전 나이 차이가 좀 있는 지인에게 KGB를 이야기했더니, 전혀 알지 못한다면서 택배 이야기를 꺼내서 웃었던 기억이 납니다.

이 영화는 좋은 작품인데도 존 르 카레 원작 영화로 잘 거론이 되질 않는 점이 좀 아쉬움으로 남습니다. 원작 도서도 이젠 번역서가 나오지 않고 있구요. 제리 골드스미스는 이 작품을 통해 주특기인 긴장감 넘치는 곡 대신 그리움의 정서가 묻어나는 느낌의 Katya(Катя)의 테마를 들려줍니다. 이 곡이 마음에 와 닿으셨다면 비슷한 느낌의 제리 골드스미스의 곡을 한 곡 더 소개해 드릴게요. 시나리오의 교과서라고 불리는 작품이긴 한데요. 개인적으로는 별로 좋아하지 않는 작품입니다. 결말이 예상을 너무 빗나가기 때문인데요. 그래도 음악은 아주 훌륭합니다. 영화 〈차이나타운〉(Chinatown, 1974)의 사랑의 테마 Love Theme From Chinatown(1974)도 감상해 보세요.

무숙자 (My Name Is Nobody, 1973)

1976년 4월 3일 개봉, 이탈리아

My Name Is Nobody(1973)

엔니오 모리꼬네(Ennio Morricone)

2000년대로 들어오면서 KBS 〈개그콘서트〉(1999~), SBS 〈웃음을 찾는 사람들〉(2003~2010)과 같은 공개 코미디 프로그램이 큰 사랑을 받았습니다. 그중에서도 저는 사물, 생활 소음 성대모사의 달인, 코미디언 정종철 님을 참 좋아했었어요. 그래서 그분의 코미디를 보려고 개그콘서트를 거의 매주 시청했었습니다. 오랜 시간 개그콘서트에서 활약한 만큼 여러 가지 개그 코너가 있었는데, 그중에 '생활 사투리'(2002~2004)라는 코너가 있었어요. 호남과 영남 사투리의 차이를 웃음 포인트로 잡아서, 같은 문장을 어떻게 달리 표현하는지 들려주는 코너였어요. 표준말로 어떤 문장을 먼저 들려준 다음 영, 호남 사투리로 바꿔서 다시 들려주는 구성이었습니다. 그 코너의 시작을 알리는 음악이 있었는데요. 그 곡이 바로 My Name Is Nobody였어요. 정종철 님이 이 곡을 입으로 매주 연주했었거든요. 그래서 더 기억이 남습니다. 엔니오 모리꼬네가 작곡한 서부영화 음악 대표작이라고 한다면 사실 이 작품보다는 달러스 삼부작이라고도 불리는 〈황야의 무법자〉 시리즈일 것입니다. 〈황야의 무법자〉 시리즈의 음악이 좀 더 장중하다면, 〈무숙자〉의 음악은 조금 더 가볍고 경쾌합니다.

무숙자(無宿者). 쉴 곳이 없는, 집이 없는 사람이란 뜻입니다. 영화에서 주인공 역을 맡은 테렌스 힐(Terence Hill)이 스스로 'My Name Is Nobody'라면서 이름을 밝히는데요. 그 때문에 제목을 이렇게 무숙자로 번역한 것 같아요. 영화에는 두 명의 총잡이가 등장합니다. 앞서 말씀드린 테렌스 힐이 강호에 새로 등장한 신세대 총잡이라면, 전설의 총잡이 잭은 이미 정평이

나 있는 건맨이에요. 잭 역에는 서부영화 단골 출연 배우 헨리 폰다(Henry Fonda)가 맡아서 신, 구 총잡이 간 코믹하면서도 멋진 총싸움이 곁들여진 작품으로 지금 봐도 볼만한 영화입니다.

서부영화에서 총잡이들이 대결을 펼치는 장면을 한번 상상해 볼까요? 총집에서 총을 원하는 타이밍에 재빠르게 끄집어내기 위해 손가락을 살짝 움직이며 서서히 발을 움직이기 시작합니다. 평소에는 잘 들리지 않던 장화 발굽이 자갈과 흙먼지를 밟는 소리도 크게 들리기 시작합니다. 그리고는 초조함이 감도는 네 눈동자의 움직임, 강자와 약자, 그리고 이들을 바라보는 긴장 가득한 사람들의 눈빛…. 그리고 그 긴장감을 깨는 한 발의 총성.

〈무숙자〉는 이발소 총격신으로 시작하는데요. 칼날이 보이는 이발소의 면도기, 그리고 거울로 비추는 적의 그림자가 조금씩 죄어 올 때 그 긴장감은 정말 쫄깃쫄깃합니다. 그 오프닝 신이 마무리되면 바로 이 곡이 나와요. 엔니오 모리꼬네 특유의 화음과 멜로디가 친숙하면서도 인상적인 곡입니다. 이 곡이 마음에 와닿으셨다면 세르지오 레오네 감독의 또 다른 작품 〈석양의 갱들〉(Giù La Testa, 1971)의 메인테마 A Fistful Of Dynamite(1971)도 함께 감상해 보세요. 주연을 맡은 제임스 코번(James Coburn)의 남성미 넘치는 눈빛과 사기꾼 같았던 로드 스타이거(Rod Steiger)가 영웅이 되는 모습, 그리고 조직을 배신한 이의 정체가 드러날 때 흘렀던 엔니오 모리꼬네의 메인테마, 모두가 좋았던 작품입니다.

리틀 빅 히어로 (Accidental Hero, 1992)
1993년 4월 10일 개봉, 미국

The Heart of Hero(1992)
루서 밴드로스(Luther Vandross)

　영화의 원제는 〈Accidental Hero〉, 우연한 영웅이란 뜻입니다. 영화의 내용도 좋았고 더스틴 호프만(Dustin Hoffman), 지나 데이비스(Geena Davis), 앤디 가르시아(Andy Garcia)같은 유명 배우들이 출연했음에도 영화와 주제가 모두 사람들의 기억 속에 많이 잊힌 것이 참 아쉽습니다. 영회는 이제 구하기도 어렵고 TV에서 다시 방영해주지도 않을뿐더러 주제가 역시 지금은 거의 나오질 않고 있어서 한번 꺼내 봤습니다.

영화에는 아무런 대가 없이 사람의 목숨을 살린 진짜 영웅이 등장합니다. 큰일이 갑자기 생기면 어디에선가 나타나서 이름도 없이 어려움에 부닥친 사람들을 구했던 우리 주변의 그 영웅들 말이에요. 그리고 또 한 사람, 그 공로를 대신 인정받은 가짜 영웅이 나와요. 그리고 그 가짜를 영웅으로 만들어 낸 기자가 한 명 등장합니다. 영화를 보면 언론의 이야기를 어디까지 믿어야 하는 걸까 하는 의문을 들게 만들어요.

이 영화의 주제가는 그래미상을 여덟 번이나 수상한 미국의 실력파 R&B 가수 루서 밴드로스가 불렀습니다. 이분도 처음엔 배트 미들러, 데이빗 보위, 샤카 칸, 벤 이 킹 등 유명가수의 백업 보컬로 활약하다가 가창력을 인정받아 솔로로 자리를 잡았습니다. 주제가인 The Heart of Hero는 루서 밴드로스 특유의 리드미컬한 창법에다 LA 어린이 합창단의 코러스가 더해져 더욱 아름다운 곡이 되었어요.

Someone above keeps sendin' us love
저 하늘 위 누군가가 우리에게 계속 사랑을 보내 주시지

He wants us to love each other

그분은 우리가 서로 사랑하기를 바라고 있어

You see, the more we give, the better we live

알고 있지? 사랑은 더 많이 줄수록 더 잘살게 한다는 걸

Lets help the world of the future

앞으로 올 세상 함께 도우며 살아가자

We're singin', oh happy day

노래해, 오! 해피 데이!

This life is for us

이 삶은 우리를 위한 것

Life without love is a zero (Come on, sing it together!)

사랑 없는 인생은 의미가 없어 (와서 함께 노래해!)

  피터 오툴(Peter O'Toole), 소피아 로렌(Sophia Loren)이 출연한 1972년 작 〈맨 오브 라만차〉(Man Of Lamancha)가 있습니다. 1964년에 초연한 동명의 뮤지컬을 영화로 만든 작품이에요. 라만차의 기사 돈키호테가 둘시네아 공주에게 불러주는 The Impossible Dream이란 곡이 있습니다. 뮤지컬을 좋아하시는 분들에게 참 많은 사랑을 받은 곡입니다. 그래서 많은 분들이 이 곡을 불렀는데요. 그중에 루서 밴드로스도 있었어요. The Heart of Hero가 마음에 닿으셨다면 The Impossible Dream(1994 리메이크)도 함께 감상해 보세요.

드럼라인 (Drumline, 2002)
2003년 4월 11일 개봉, 미국

Main Title(2002)
존 파웰(John Powell)

   제가 어렸을 때는 고등학교에 마칭밴드(당시에는 고적대(鼓笛隊)라는 이름으로 불렀습니다)가 있는 학교가 꽤 있었습니다. 각종 행사에서 많이 볼 수 있었고 특유의 유니폼을 입고 들려주는 하모니가 참 멋지게 보였어요. 갈수록 더욱 치열해진 입시경쟁에 이제 고교생 마칭밴드의 모습을 보기가 힘들어졌습니다. 하지만 미국은 지금도 고등학교는 물론 대학교에도 남아 있는 것 같아요. 마칭밴드의 이야기를 다룬 2002년 작 〈드럼라인〉은 제게 그런 향수가 있어서 그런지 더욱 재밌게 감상했던 작품입니다. 그리고 음악이 좋았기에 기억이 많이 남습니다. 이 작품은 미국의 영화감독 찰스 스톤 3세가 연출한 성장 드라마예요.

영화에는 고등학생 때부터 드러머로서 천부적인 재능을 보여주는 데본이 주인공으로 등장해요. 고등학교를 졸업하고 A&T 대학에 입학하면서 데본은 그 실력을 뽐내기 위해 그리고 마칭 밴드 인기 여학생 라일라와 더 가까워지기 위해 밴드 드럼라인에 지원합니다. 데본은 음악적 재능이 뛰어났기에 본인만이 보여 줄 수 있는 독창적인 리듬을 선보이길 원해요. 하지만 드럼라인의 리더 숀은 밴드는 독주하는 곳이 아니라며 한 몸과 같은 화합을 강조합니다. 영화의 하이라이트는 그런 모든 갈등을 봉합하고 한 팀이 되어 결승전까지 오르며 펼치는 경연 장면입니다. 영화에서 자주 나올 수밖에 없는 일사불란한 타악기 리듬은 저절로 흥분과 긴장감을 높여줍니다.

천재 드러머 데본 역을 맡은 닉 캐논(Nick Cannon)은 이 작품을 통해서 반항아인 자신 자신을 스스로 조련해 나가는 역할을 잘 소화해 냈어요. 지금은 영화배우보다는 TV쇼 진행자로 더 유명한데요. 그의 이름을 딴 토크쇼인 닉 캐논 쇼, 아메리칸 갓 탤런트 그리고 복면을 쓰고 노래하는 가수를 맞히는 더 마스크드 싱어의 진행을 맡았었습니다.

　음악은 영국의 영화음악가 존 파웰이 맡았습니다. 존 파웰은 〈해피 피트 2〉(Happy Feet 2, 2012), 〈치킨 런〉(Chicken Run, 2000), 〈아이스 에이지 2〉(Ice Age: The Meltdown, 2001) 등 애니메이션 음악에서 많은 활약을 한 음악가입니다. 앞서 〈쿵푸 팬더〉에서 말씀드린 음악가 이기도 하고요. 존 파웰의 메인 타이틀이 마음에 와닿으셨다면 극 후반 모리슨 브라운 대학과의 결승전에서 연주하는 The Classic Drum Battle도 함께 감상해 보세요.

스타워즈 에피소드 4 : 새로운 희망, 스페셜 에디션
(Star Wars Episode IV : A New Hope SE, 1997)

1997년 4월 12일 개봉, 미국

The Throne Room and End Title(1977)

존 윌리엄스(John Williams)

〈스타워즈〉 시리즈를 좋아하시는 분 중에는 저처럼 부모님이 좋아해서 함께 봤을 뿐인데 자연스레 팬이 된 분들이 꽤 많은 것으로 알고 있습니다. 〈스타워즈〉 시리즈는 1977년부터 2020년까지 아홉 편이 만들어졌고 〈스타워즈〉의 창시자 조지 루카스(George Lucas)가 2012년 디즈니에 판권을 넘기면서 많은 스핀오프 시리즈와 드라마가 만들어지기도 했습니다.

본론으로 들어가기 전에 다른 이야기를 살짝 하려 합니다.

1980년대 TV에서 방영했던 영화를 사랑한 분들이라면 아마 영화평론가 정영일 님을 기억하실 겁니다. 당시 저는 초등학생이었지만 정영일 님의 영화소개를 참 좋아했었어요. 방송국에선 보통 주말 밤에 영화를 해줬는데 KBS에는 정영일 님이 주말에 방영할 영화소개를 위해 주중에 출연했었습니다. 해설이 있는 예고편 같은 컨셉이었는데요. 그 주에 방영하는 영화의 소개와 간단한 평을 들려주셨어요. 2분 정도 될까? 짧은 시간이지만 임팩트가 있었습니다. 좋은 영화를 방영하는 주에는 늘 '놓치면 후회하실 겁니다.'라는 멘트로 마무리하셨어요. 제가 처음 스타워즈를 봤던 날도 이분의 해설을 미리 들었어요. 정영일 평론가 님이 놓치면 후회한다고 해서서 온 가족이 챙겨본 영화. 그렇게 저와 동생은 〈스타워즈〉의 팬이 되었습니다. 그리고 많은 시간이 흐른 1997년 조지 루카스 감독은 〈스타워즈〉 팬들의 마음을 흔드는 이야기를 꺼냅니다. 기존에 발표한 〈스타워즈〉 3부작을 업그레이드해서 다시 내놓고, 그동안 기술적인 문제로 만들지 못했던 1~3편을 단계적으로 개봉하겠다는 것이었어요.

 지금이야 프리퀄(Prequel; 본편의 앞선 이야기를 다루는 영화)이라는 단어가 익숙하지만, 당시만 해도 독특한 발상이었어요. 물론 스타워즈 클래식 3부작이 시리즈의 4, 5, 6편이라고 미리 밝혀왔음에도 정말 앞선 이야기를 관객들에게 풀어 놓을 줄은 예상하지 않았던 거죠. 기술력의 한계로 후반 이야기를 먼저 내놓고 앞선 이야기를 볼 수 있다는 건 관객으로선 설레는 말일 수밖에 없습니다. 스페셜 에디션 또한 새로운 개념이었는데요. 기존의 클래식 3부작(4~6편)을 발전된 특수효과를 이용해 당시 부족했던 부분을 보완하고, 아날로그 필름을 디지털로 변환시키면서(Digital Remastering) 화질과 음질 부분을 업그레이드했어요. 그렇게 〈스타워즈〉 클래식 3부작 스페셜 에디션이 연이어 재개봉했고 〈스타워즈〉의 세 주인공과 제다이 마스터 오비완 케노비, 요다, 〈스타워즈〉 시리즈의 진짜 주인공 다스 베이더를 다시 만날 수 있게 되었습니다.

소개해 드릴 곡은 엔딩에 나오는 The Throne Room and End Title입니다. 〈스타워즈〉 시리즈 예고편에도 자주 등장한 곡인데요. 반란군에 새로운 희망이 움트고 있음을 알리는 서곡과 함께 그 유명한 〈스타워즈〉 메인테마도 들을 수 있는 좋은 곡입니다. 음악은 존 윌리엄스가 작곡했습니다. 스티븐 스필버그 감독은 자신의 음악 파트너였던 존 윌리엄스를 조지 루카스에게 소개해줬고 이후 아홉 편의 시리즈 모두 그가 음악을 맡았습니다.

이 곡이 마음에 와닿으셨다면 〈스타워즈 에피소드 5: 제국의 역습〉(Star Wars Episode V: The Empire Strikes Back, 1980) 중에서 존 윌리엄스의 **요다의 테마**(Yoda's Theme)도 감상해 보세요. 극강의 무공을 가진 제다이 그랜드 마스터 요다가 새로운 희망 루크 스카이워커에게 포스에 대한 가르침을 줄 때 배경으로 나왔던 곡으로 시리즈의 명곡 중 하나로 꼽히는 곡이에요.

JFK (JFK, 1992)

1992년 5월 2일 개봉, 미국

Prologue(1992)

존 윌리엄스(John Williams)

　1987년에 개봉한 〈플래툰〉(Platoon, 1986)의 인기는 전쟁영화임에도 불구하고 엄청났습니다. 당시 '플래툰'이라는 글자가 쓰여 있고 군번줄이 그려있는 티셔츠가 엄청나게 판매되었던 기억이 나요. 그 티셔츠를 입고 다니던 형들을 주변에서 자주 볼 수 있었거든요. 시나리오 작가였던 올리버 스톤(Oliver Stone) 감독의 데뷔작인 〈플래툰〉은 베트남전쟁의 기억이 선명한 당시 중장년층의 마음까지 사로잡으면서 많은 관객에게 공감받았습니다. 이후 개봉한 〈월 스트리트〉(Wall Street, 1987), 〈7월 4일 생〉(Born on the Fourth of July, 1989)도 연이어 호평받았어요. 소개 해 드리는 〈JFK〉는 베트남전이 아닌 1963년에 있었던 케네디 (John F. Kennedy) 대통령 피살사건의 의혹을 담은 작품이에요.

저는 나름 많이 성장했다고 스스로 생각했던 고등학생 때 이 작품을 봤는데요. '참 지루한 영화다'라고 생각했어요. 하지만 서른이 넘어 이 작품을 보니 '역사적 사실을 가지고 이렇게 흥 미진진하게 만들다니'라고 생각이 바뀌더라고요. 사건의 배경 을 이해하고 대통령의 피살이라는 것이 어떤 무게감을 주는 사 건이라는 걸 알게 되니 아주 흥미롭게 다가왔습니다. 케빈 코스트너(Kevin Costner), 케빈 베이컨(Kevin Bacon), 토미 리 존스 (Tommy Lee Jones), 게리 올드만(Gary Oldman), 조 페시(Joe Pesci), 도널드 서덜랜드(Donald Sutherland) 등 이름만 들어도 대단한 배 우들이 캐스팅되어 정적이지만 긴장감 넘치는 연기를 보여줬 습니다.

대통령 피살사건의 범인으로 하비 오스왈드라는 인물이 긴급 체포됩니다. 하지만 그 역시 곧 살해되고 각종 증거가 사라지기 시작해요. 그리고 이를 유심히 살피던 짐 게리슨 검사는 음모론을 제기합니다. 주위의 우려와 압박에도 신념을 꺾지 않던 그는 결국 배후로 의심되는 사업가 클레이 쇼를 재판정에 세웁니다. 올리버 스톤 감독은 이 작품은 의혹을 주제로 한 작품인 만큼 팩트가 아님을 분명히 밝혔지만, 가능성이 충분히 있는 만큼 몰입감은 상당합니다.

음악은 다섯 번의 아카데미 음악상, 스물한 번의 그래미상을 받은 영화음악의 전설 존 윌리엄스가 맡았습니다. 국내 개봉일 순으로 정렬하다 보니 존 윌리엄스의 곡이 〈스타워즈〉에 이어 연거푸 나오게 되었네요. 작은 북과 트럼펫 연주가 인상적인 Prologue는 의혹과 진실 사이에서 긴장감을 더욱 높여주는데요. 이 곡이 마음에 드셨다면 존 윌리엄스가 작곡한 비슷한 느낌의 곡을 한 곡 더 소개해 드립니다. 〈라이언 일병 구하기〉 (Saving Private Ryan, 1998) 중에서 Hymn to the Fallen(1998)도 함께 감상해 보세요.

우리, 사랑일까요? (A Lot Like Love, 2005)

2005년 5월 20일 개봉, 미국

If You Leave Me Now(1976)

시카고(Chicago)

If you leave me now

지금 나를 떠난다면

You'll take away the biggest part of me

내 가장 큰 부분을 가져가는 거예요

Ooh ooh ooh no baby please don't go

오, 제발 가지 말아요

And if you leave me now

당신이 지금 나를 떠난다면

You'll take away the very heart of me

바로 내 심장을 빼앗아 가는 거예요

 전부터 알고 지내던 친구가 어느샌가 이성으로 느껴진다는 이야기는 동서양을 떠나 참 오래된 소재입니다. 그런데도 여전히 로맨틱 드라마 소재로 자주 사용되는 이야기인데요. 그만큼 이성인 친구에게 친구 이상의 감정과 매력을 문득문득 느꼈을 때가 누구에게나 한 번쯤은 있기 때문인 것 같습니다. 2005년에 개봉한 영화 〈우리 사랑일까요?〉의 원제는 〈A Lot Like Love〉로 '사랑과 아주 비슷한'이란 뜻이에요.

 풋풋했던 시절 두 주인공 올리버와 에밀리는 우연히 공항에서 마주치게 되는데, 첫눈에 서로 마음이 끌리기 시작해서 가까운 사이가 됩니다. 하지만 두 사람은 서로 다른 사랑을 만나며 그냥 친한 친구로 머뭅니다. 그리고 시간은 흘러 각자 사회로 진출해서 점점 진짜 어른이 되어가기 시작합니다. 알고 지낸 지 7년이 지난 어느 날 서로가 가장 사랑하는 이성이며 오래전부터 그래왔음을 깨닫게 돼요. 이 작품은 1990년대와 2000년대를 배경으로 청춘의 시기, 남녀의 미묘한 감정을 유쾌하게 표현하고 있어서 가볍게 보기에 좋은 작품입니다.

　로맨틱 코미디인 만큼 음악도 듣기 편한 곡들이 여러 곡 실려 있는데요. 그중에서 전설적인 그룹 시카고가 1976년에 발매한 시카고 8집 앨범에 실린 If You Leave Me Now가 많은 사랑을 받았습니다. 1976년 당시 빌보드 핫 100에서 2주 연속 1위를 차지했었어요. 시카고의 메인 보컬 피터 세트라(Peter Cetera)의 음색은 지금 들어도 여전히 단숨에 귀를 사로잡습니다. 시카고라는 그룹의 명성만큼 그들의 곡은 영화에도 많이 삽입되었는데요. 이 곡이 마음에 와닿으셨다면 영화 〈마이걸〉(My Girl, 1991) 중에서 Saturday In The Park(1972)도 함께 감상해 보세요. 시카고의 5집에 실린 곡으로 지금까지도 방송에서 종종 들을 수 있을 만큼 꾸준한 사랑을 받아온 노래입니다.

뉴욕의 사랑 (Night Shift, 1982)

미개봉, 미국

Love Theme (That's What Friends Are For) (1982)

버트 바카락(Burt Bacharach)

이 작품은 〈아폴로 13〉(Apollo 13, 1995), 〈파 앤드 어웨이〉(Far And Away, 1992), 〈뷰티풀 마인드〉(A Beautiful Mind, 2001) 등 여러 좋은 작품을 남긴 론 하워드(Ron Howard) 감독의 초창기 작품입니다. 저를 포함해 이 작품을 보신 분은 많이 안 계실 거예요. 우리나라에선 개봉하지 않았던데다 누구도 이 영화를 추천하는 사람이 없었거든요. 하지만 이 영화가 지금까지 기억되는 건 늘 그랬듯 좋은 음악이 있기 때문입니다.

음악은 미국의 피아니스트이자 작곡가 그리고 프로듀서인 버트 바카락(Burt Bacharach)이 맡았습니다. 여섯 번의 그래미상과 세 번의 오스카상을 받은 대단한 인물입니다. 이분은 대중가요에서도 큰 활약을 했지만, 영화음악에서도 좋은 기억이 있는데요. 〈내일을 향해 쏴라〉(Butch Cassidy And The Sundance Kid, 1969)의 주제가인 비제이 토마스(Billy Joe Thomas)의 Raindrops Keep Fallin' on My Head(1969) 그리고 〈미스터 아더〉(Arhtur, 1981) 의 주제가 Best That You Can Do(1981)가 빌보드 차트 1위와 아카데미 주제가상을 동시에 석권했습니다.

소개해 드리는 **사랑의 테마**는 제목은 몰라도 멜로디는 누구나 알만큼 우리에게 정말 익숙한 곡이에요. 이 곡에 가사를 붙인 곡이 That's What Friends Are For 거든요. 그리고 영화음악의 친구인 여러분에게 이 책의 마지막 곡으로 소개해 드리기 제격이라는 생각이 들어서 우리나라에 개봉하지 않은 이 작품을 책의 마지막에 배치했습니다. 원곡은 영국의 록커 로드 스튜어트(Rod Stewart)가 부른 특유의 허스키한 느낌이 가득한 곡입니다. 원곡도 물론 훌륭하지만, 1985년 디온 워릭(Dionne Warwick), 글

래디스 나이트(Gladys Knight), 스티비 원더(Stevie Wonder), 엘튼 존(Elton John)이 모여 만든 프로젝트 앨범에 실린 버전이 주는 임팩트도 상당합니다. 이 프로젝트 앨범이 세상에 나온 이유는 에이즈 연구기금을 모금하기 위함이었어요. 버트 바카락은 영화에서 사용했던 본인의 곡이 아까웠는지 이 곡을 다시 한번 세상에 내놓았습니다. 그리고 영화 주제가로 빛을 보지 못한 곡을 다듬어 빌보드 정상에 올려놓습니다. 로드 스튜어트가 특유의 음색으로 담백하게 불러냈다면 1985년 버전은 서로 다른 매력을 가진 네 명의 장점을 끌어올려 조금 더 다채로운 구성으로 바뀌났습니다. 원곡 멜로디인 버트 바카락의 **사랑의 테마**, 로드 스튜어트 버전을 포함해서 세 곡 모두 이어서 감상하면서 차이를 느껴보시는 것도 재미있을 것 같습니다.

Keep smiling, Keep shining,

미소를 잃지 마, 밝은 마음을 잃어버리지 마

Knowing you can always count on me

언제든 내게 기대도 괜찮다는 걸 잊지 마

For sure That's what friends are for

그게 바로 친구라는 거잖아

In good times and bad times

즐거운 시절도 괴로운 시절도

I'll be on your side forever more

늘 너의 곁에 있을게

That's what friends are for

그게 바로 친구라는 거잖아

이 사운드트랙 앨범에는 이 곡만 있는 것이 아닙니다. 1980~90년대 미국드라마를 사랑한 분이라면 브루스 윌리스 (Bruce Willis), 시빌 셰퍼드(Cybill Shepherd) 주연의 〈블루문 특급〉 (Moonlighting, 1985~1989)을 기억하실 겁니다. 그리고 드라마 오프닝에 등장했던 주제가 Moonlighting(1987)도 기억하실 건데요. 그 곡을 부른 알 재로 (Al Jarreau)의 곡도 수록되어 있습니다. 알 재로 역시 그래미를 7회나 수상한 실력파 가수입니다. 그가 부른 Girls Know How(1981)도 놓치지 마세요.

《내 일기장 속 영화음악》의 마지막 페이지에서는 새천년을 기다리던 1999년 12월 31일 이야기를 드렸었죠. 이번에는 누구나 지나가며 누군가는 지나갔을 39살, 12월 31일 이야기를 전해 드리며 책의 마무리를 지어보려 합니다.

먼저 영화음악과는 조금 거리가 있는 프로야구 원년 야구장에 갔던 기억을 떠올리며 시작해 보겠습니다. 베어스의 팬이셨던 아버지를 따라 저는 처음 야구장에 가게 됐습니다. 외야 좌석에서는 선수들이 잘 안 보인다고 쌍안경도 사 갔어요. 홈런 말고는 야구 규칙도 잘 모르던 그때를 계기로 야구도 잘하고 얼굴도 잘생긴 아저씨를 한 명 알게 되었습니다. 그분이 기록한

22연승의 기록은 지금도 깨지지 않고 있는데요. 바로 '불사조'라는 별명으로 불렸던 박철순 투수입니다. 선수 생활하는 동안 참 많은 부상과 수술로 힘든 시간을 보냈지만, 언제나 다시 마운드로 돌아왔던 아저씨를 팬들은 불사조라고 불렀습니다. 그분은 제가 초등학교에 입학하기 전부터 프로 생활을 시작했는데요. 놀랍게도 제가 대학생이 될 때까지 마운드에 서 있었습니다. 1990년대만 해도 운동선수가 마흔을 넘어까지 선수 생활을 하는 건 드문 일이었는데, 박철순 아저씨는 그걸 해냈고 은퇴 경기를 보면서 저도 불혹이 되면 저런 사람이 되어야겠다고 생각했어요. 자신의 자리에서 최고가 된 사람, 선후배에게 사랑받는 사람, 오뚝이 같은 불사조의 날개를 가진 그런 사람이 되어야겠다고 말이죠.

야구장을 찾았던 어린이도 시간이 흘러 흘러 어느덧 삼십 대 마지막 날을 맞이하게 되었습니다. 하지만 마음의 고개를 돌려 등을 바라봐도 박철순 아저씨에게 있던 불사조 피닉스의 날개는 제게 보이지 않았어요. 그냥 그저 평범한 사람, 나이에 걸맞은 얼굴을 가지려 하고, 걸맞은 행동을 하려고 애쓰는 한 사람만이 보였습니다. '역시 나에겐 과한 목표였나'라는 생각이 들었을 때, 박철순 아저씨도 불사조가 되기 위해 살았던 건 아니란 걸 알게 되었습니다. 그저 날마다 열심히 살다 보니 어느덧 불사조가 되어있던 것을요. 그렇게 생각하고 나니 불사조가 되고 싶은 마음이 사라졌습니다. 그리고 허버트 버펌(Herbert Buffum, 1879~1939)의 시구처럼 '순례자의 길과 같이 힘든 일인, 매일을 기쁘게 살아가는 것' 그것이 목표가 되었습니다.

어릴 때는 빨리 어른이 되고 싶었는데, 사람이 어른으로 살아가는 시간이 이렇게 길 줄 그때는 알지 못했습니다. 그리고 그 여정이 생각만큼 쉽지 않음도요. 이 책을 읽으신 분들에게 그 쉽지 않은 길 속에서 잠시나마 작은 기쁨을 드렸다면 보람을 느낄 것 같습니다. 그럼 이번 이야기는 여기서 마무리하겠습니다. 언제가 될지 잘 모르겠지만 다음 세대에게 전해주고 싶은 영화음악, 그 마지막 이야기를 가지고 다시 찾아뵙겠습니다. 감사합니다.

내 MP3 속 영화음악

초판 1쇄 인쇄	2025년 4월 14일
초판 1쇄 발행	2025년 4월 24일

지은이	김원중

펴낸이	이장우
책임편집	송세아
디자인	theambitious factory
편집 제작	안소라 김소은
관리	김한다 한주연
인쇄	KUMBI PNP

펴낸곳	도서출판 꿈공장플러스
출판등록	제 406-2017-000160호
주소	서울시 성북구 보국문로 16가길 43-20 꿈공장 1층

이메일	ceo@dreambooks.kr
홈페이지	www.dreambooks.kr
인스타그램	@dreambooks.ceo

전화번호	02-6012-2734
팩스	031-624-4527

ISBN	979-11-92134-91-8
정가	16,700원